Karl Martin Schiefer

Johann Sebastian Wieland's Leben und Werke mit besonderer Berücksichtigung seiner deutschen Verskunst

Karl Martin Schiefer

Johann Sebastian Wieland's Leben und Werke mit besonderer Berücksichtigung seiner deutschen Verskunst

ISBN/EAN: 9783743619210

Hergestellt in Europa, USA, Kanada, Australien, Japan

Cover: Foto ©Raphael Reischuk / pixelio.de

Manufactured and distributed by brebook publishing software (www.brebook.com)

Karl Martin Schiefer

Johann Sebastian Wieland's Leben und Werke mit besonderer Berücksichtigung seiner deutschen Verskunst

Johann Sebastian Wieland's
LEBEN UND WERKE

MIT BESONDERER BERÜCKSICHTIGUNG

SEINER

DEUTSCHEN VERSKUNST.

INAUGURAL-DISSERTATION

ZUR

ERLANGUNG DER DOKTORWÜRDE

DER

HOHEN PHILOSOPHISCHEN FAKULTÄT

DER

UNIVERISTÄT LEIPZIG

VORGELEGT VON

KARL MARTIN SCHIEFER

AUS MICHELWITZ.

LEIPZIG
DRUCK VON RAMM & SEEMANN.
1892.

MEINEM VATER

IN DANKBARER LIEBE

GEWIDMET.

Johann Sebastian Wieland ist litterargeschichtlich bis jetzt als Verfasser zweier grösserer Gedichte in Alexandrinern bekannt (‚Urach' 1626 und ‚Der Held von Mitternacht' 1633). Mit seinem Helden von Mitternacht tritt er unter diejenigen Dichter, welche zuerst wieder ein deutsches Heldengedicht versuchten. Doch nicht deswegen verdient er eine besondere Beachtung — denn der Versuch ist ihm vollständig missglückt —, sondern wegen seiner Versbehandlung in seinem Urach. Er schliesst sich darin nicht, wie Goedeke vermutet,*) an Opitz an, sondern er erscheint hier als der letzte Vertreter der Rohheit der alten Zeit in ihrer schroffsten Gestalt, und zwar in der neuen Kunstform des Alexandriners. Und dabei ist das Gedicht nicht etwa als eine litterarische Kuriosität zu betrachten, als das Werk eines von niemand beachteten Pfarrers hoch oben auf der rauhen Alp, der wenigstens einige Jahrzehnte hinter seiner Zeit zurück war Vielmehr zeigt es uns noch einmal recht deutlich die Gefahr, in der unsere Dichtkunst immer noch schwebte. Hätte Opitz nicht seine Theorie durch eine solche Masse von Proben unterstützt und verbreitet und hätten ihm seine Freunde darin nicht hilfreich zur Seite gestanden, so wäre wahrscheinlich auch sein Reformversuch misslungen, wie einst der des Johannes Clajus, der bereits 1578 ebenso einfach und klar wie später Opitz die Regel aufstellte, dass Jamben und Trochäen im Deutschen sich nach dem Accente bestimmten und dass in den Versen die Senkung gehobener und die Hebung gesenkter Silben nimmermehr statthaft sei.**) Denn so schnell, wie man gewöhnlich

---

*) Goedeke § 191; III. S. 242.
**) Vrgl. Höpfner, Reformbestrebungen auf dem Gebiete der deutschen Dichtung des XVI. und des XVII. Jahrhunderts. Berl. Progr. 1866. S. 17.

annimmt, ist Opitzens Theorie in ganz Deutschland durchaus nicht durchgedrungen. Wieland selbst fand sich erst 1633 durch den Tadel, den seine Verskunst in Urach nach und nach hervorgerufen hatte, bewogen, mit dem Helden von Mitternacht, in dem er einen völligen Anschluss an Opitz erstrebt, einzugestehen, dass er früher falsche Bahnen gewandelt hätte. Der gelehrte Jurist Johann Harpprecht, Professor in Tübingen, dichtete ein Urach S. 4 abgedrucktes Epigramm ‚Ad D. JOANNEM SEBASTIANVM WIELANDVM: Amicum suum haud postremum: Vracum rythmis elegantissimis describentem.' Dass Harpprecht dieses Epigramm nicht verfasst hat, ohne zuvor wirklich das Manuskript gelesen zu haben, beweist sein Inhalt, indem er auf S. 39 bezugnimmt, wo er selbst erwähnt wird; und wenn man nun auch das ‚rythmis elegantissimis describentem' als eine übertriebene Höflichkeitsphrase auffasst, so ist doch zu bedenken, dass Harpprecht unmöglich in dieser Weise seine Anerkennung und Billigung öffentlich ausgesprochen haben würde, wenn er eine Ahnung von der Unnatur dieser Verse gehabt hätte. Dass ferner Urach einen guten Absatz gefunden hat, zeigt der Umstand, dass es 1630 im Buchhandel nicht mehr aufzutreiben war; J. C. Bernegger bezeichnet es in einem Briefe an C. Colerus als eine erwünschte Gefälligkeit, wenn er ihm ein Exemplar für den Dichter Robertin zu verschaffen vermöge.*) Ueberhaupt wird die Forschung, wenn sie sich eingehender als bisher mit dieser Epoche beschäftigt, eine Reihe von Dichtern jedenfalls auffinden, denen ein wirkliches Verständnis für die Richtigkeit des von Opitz Geforderten durch-

---

*) Briefe Lingelsheims, Berneggers und ihrer Freunde ed. Reifferscheidt. Heilbronn 1889, S. 392 (Nr. 322, 23): J. C. Berneggerus C. Colero. Robertinus noster adhuc Parisiis degit, futura aestate ad nos reversurus, credo, est: vocatus enim est in patriam ad peragendum munus rectoris ibidem. Nuper per literas a me petiit, curarem sibi Tubinga adferri exemplar quoddam carminis Wilandini, quo Uracenses celebrat. Sed audio, in bibliopoliis non amplius inveniri. Rogo, me certiorem reddas, quomodo hoc comparandum sit, ut hac in re illius petitioni satisfacere queam Utrisque nobis gratum facies officium. — — Dab. Argentor. 15. Martii 1630. J. CASP. BERNEGGER.

aus abgeht. Dass Weckherlin, dem der Name eines feinsinnigen Dichters nicht abgesprochen werden darf, erst spät seine Versbehandlung nach den Forderungen der neuen Zeit modifizierte, ist bekannt. Dass aber z. B. ein Mann wie Caspar Barth, ein so naher Vertrauter von Opitz — war er doch sein Stubengenosse, als er in Strassburg studierte —, in seinem Teutschen Phoenix die Regeln seines Freundes so wenig befolgt, ist wohl noch gar nicht beachtet worden.

Es stellt sich demnach diese Arbeit hauptsächlich als ein Versuch dar, von einem bestimmten Punkte aus das Verständnis jener Zeit für deutsche Verskunst zu beleuchten; und wenn auch die Behandlung des Lebens und der übrigen Werke Wielands nicht nur als Folie hierzu dienen soll, so ist doch allerdings die Dartellung von diesem letzten Zwecke, der ein besonderes Eingehen auf einen sonst wenig bedeutenden Dichter allein erklärt, insofern beeinflusst worden, als ich mich in allem der Kürze befleissigt, insbesondere was die Werke betrifft, mich fast nur auf ihre Registrierung und eine kurze Inhaltsangabe beschränkt habe.

Von dem Leben Johann Sebastian Wielands war bisher nichts weiter bekannt, als dass er 1621 Pfarrer zu Colstetten (jetzt Kohlstetten) auf der Alp war, eine Angabe, die aus der Unterschrift eines Einblattdruckes geschöpft ist, in welchem Wieland den Herzog Johann Friedrich von Württemberg anagrammatisch verherrlicht (vrgl. Goedecke III, 242 Anm.). Genaueres lässt sich gewinnen:

1. aus den Werken Wielands selbst, namentlich aus den bis jetzt nicht beachteten;

2. aus Nachrichten gleichzeitiger Schriftsteller. Leider habe ich diese wünschenswerte Quelle nur in geringem Umfang benutzen können. Der Grund dafür liegt in der Schwierigkeit, die mit dem Herbeischaffen dieser in Neudrucken ja meist nicht vorhandenen Schriften verbunden ist, welches obendrein, da bestimmte Hinweise fehlen, ganz aufs ungewisse hin erfolgen müsste. Das einzelne findet sich an den betreffenden Stellen verzeichnet;

3. aus Binder ‚Württembergs Kirchen- und Lehrämter', Tüb. 1799, einem im ganzen sehr zuverlässigen, auf fleissigem Quellenstudium beruhenden Werke;

4. aus den Urkunden der Pfarrarchive der Orte, wo er gewirkt hat; freilich sind hiervon nur spärliche Reste erhalten infolge der Stürme des 30jährigen Krieges und nachmaliger Verwüstung durch die Franzosen.

Ueber seine Heimat und sein Geburtsjahr spricht sich Wieland an mehreren Orten aus. Nach De Patientia Liber (Pat.) S. 90: „Ad DEUM PRO REVALESCENTIA preces, quas ab anno restitutionis et redditae sanitatis CIƆIƆCXII, Aetatis meae XXIII. cottidie serio et devote fundo" könnte sein Geburtsjahr 1589 oder 1590 fallen. Eine genaue Bestimmung geben folgende Stellen, Apobaterion (Ap.) S. 9 v. 6 ff:

Gartachia, hîc ubi in has mater me protulit auras,
Ante quidem sex lustra, quibus superaddere fas est,
Dictum infinitum, numerum; si nona micabit
Lux Maij sine nube vehetque salubriter ortum.

Unter der Zahl, welche die unendliche genannt ist, ist die Zahl sieben zu verstehen nach Ap. 10 16 f.

Observes (vix) nunc denâ trieteride septem
Gaudeo vitali vesci feliciter aurâ.

Danach ist also Wieland, da das Apobaterion vom 16. Januar 1627 datiert ist, am 9. Mai 1590 geboren, und zwar zu Klein-Gartach bei Heilbronn im Zabergau nach Urach (Ur.) 42, 4 f.:

Im Zabergöw da ist mein Heimat aufserkorm /
Dann zu kleinen Gartach bin ich ein Mensch geborn.

Sein Grossvater, Reinhard oder Bernhard Wieland, bekleidete das Amt eines Wirtschaftsführers der Geistlichen in Lauffen, vrgl. Ap. 9, 24:

Nunc propior tibi Lauffa; ubi avus Beinhardus habebat
Ille Ministrorum Oeconomus quoque semper honorus.

ebenso wie sein Vater in Brackenheim im Zabergau, wohin er bald nach der Geburt des Sohnes und nach einem vorübergehenden Aufenthalt am Kocher gezogen war, vrgl. Ap. 9, 11 u. 13 ff:

>   Bracana — —
>   Heic ubi mutavit vitam cum morte, resurget
>   Ingenti cum laetitiâ genitor meus, olim
>   Isthic Oeconomus Mystarum laude coruscus.

und Ap. 10, 7 ff:

>   Non meminisse quo (? queo) quo tempore forte reliqui
>   Te (sc. Patriae tellus) puer imo infans vix exbua*), vix
>   tener infans.
>   Nam quoque pauxillum me Coccharus almus habebat.
>   Dum vixi lustrum, tunc lustrum Bracana paene.

Wielands Mutter war eine geborene Saussler nach Sterbestündlein (St.) 144: „Ein new Geistlich Lied / Frawen Annæ Mariæ Geborner Saufslerin seiner geliebter getrewer Basen / oder Mutter seeliger Schwester." Mit besonderem Stolze erwähnt der Dichter Ap. 9, 18 ff. von seinem Urgrossvater mütterlicherseits, einem gewissen Coccyus, dass derselbe Erzieher des Sohnes des Fürsten mit dem Beinamen des Bärtigen gewesen sei:

>   Et matris mater v(V)ictoria Coccya dicta.
>   Cuius erat pater instituendo Coccyus olim
>   Clarus et excellens illustris mente Dynastae,
>   Principis eximii, Barbati nomine dicti
>   Gnatum dexteritate bonas non segniter artes.

Gemeint ist mit dem Fürsten, der den Namen des Bärtigen hatte, Herzog Christoph von Württemberg († 1568,) der in der Geschichte diesen Beinamen zwar nicht führt, ihn aber bei seinen näheren Zeitgenossen wohl gehabt haben kann, da von ihm ausdrücklich berichtet wird, dass er einen langen Bart trug (Stälin, Württ. Gesch. IV, 760). Der von Wieland hier als sein Urgrossvater bezeichnete Coccyus ist der Magister Sebastian Coccyus aus Canstatt, der im Jahre 1551 zum Erzieher

---

*) Es ist jedenfalls zu trennen ex buä; Bua bezeichnet das Wort, womit die lallenden Kinder das Getränk bezeichnen (Varro apud Non. 2, 97). — Eine Wielandische Bildung ist wohl ein Verbum, exbuere' Ap. 18, 27:

>   Pignora nostra (tener, qui vix ert, exbuet infans).

des ältesten Prinzen Eberhard von Christoph bestellt wurde und 1562 starb (Stälin IV, 772).

In Brackenheim, dem letzten Wohnorte seiner Eltern, besuchte J. Sebastian Wieland die Schule bis zu seinem zehnten Jahre. Nachdem er hierauf ungefähr fünf Jahre in den Lehranstalten zu Stuttgart und Adelberg vorgebildet war, bezog er 1604 das noch jetzt bestehende niedre Predigerseminar zu Maulbronn und nach kaum dreijährigem Aufenthalt daselbst die Universität Tübingen, wo er vier Jahre studierte; vrgl. dazu Ap. 9, 11:

> Bracana, nunc propiorque tibi, cuius Schola memet
> Instituit . . .

und Ap. 10, 10 ff:

> „Dum vixi lustrum, tunc lustrum Bracana paene (sc. me habebat),
> Non binos Annos pulcerrimus hortus equarum.
> Quattuor inde fere Mons Nobilis et quoque vix tres
> Quod de marmoreo muli fert nomina fonte;
> Quattuor alma Tubinga."

Da seine Eltern früh gestorben waren, nahm sich Georg Machtolph, Bürger in Brackenheim, der mit Anna Maria Saussler, der Schwester seiner Mutter, verheiratet war, seiner an. Wieland widmete ihm später seine Schrift De Patientia; in der Dedic. zu dieser sagt er S. 15: „Tibi cognate hanc Patientiam datum dicatum eo, qui mihi semper fidus Pater fuisti." Nach Beendigung seiner Studien wurde Wieland 1611—13 Diakonus zu Gruibingen, was in ergänzender Uebereinstimmung mit Ap. 10, 14: „Duos Gruibinga fere annos (sc. me habebat)" Binder, Württembergs Kirchen- und Lehrämter S. 634 bezeugt. Von Gruibingen kam er 1613 als Pfarrer nach Kol(l)stätten, das heutige Kohlstetten, auf der Alp, wo er vierzehn Jahre bis 1627 wirkte nach Binder S. 762 und

> Ap. 10, 5: „Bis vero septem (sc. annos) vidit Kolstetta
> ministrum."
> Ap. 2, 10: „Alpibus in rigidis bisseptem circiter annos
> Casibus in variis dum vixi."

Ap. 25, 2: „Ipsemet illisdem (sc. Alpibus) non caecus ductus
amore
Bisseptem vates consumens circiter annos."

Hier wohl erst, spätestens aber im Jahre 1614*), vermählte er sich mit Margarete Ruof (Elegiarum Liber El. VII: Ad Reverendum Seniorem Dn. Christophorum Ruoffium, Socerum meum pl. observandum; Taufbuch von Ilsfeld unter dem 7. März 1630: M. Joh. Sebastianus Wieland, pastor loci et ux. Margarete geb. Ruofin). Diese gebar ihm in Kohlstetten sieben Kinder,**) von denen drei bald wieder starben, eines, ein 1620 geborenes Mädchen, gebrechlich war.***) Auch Wieland selbst war immer von schwacher Gesundheit (Pat. 8: Et dum saepissime utor adversa valetudine), die ihm nur zeitweise durch eine Badekur in seiner Filiale Engstingen gekräftigt wurde, vrgl. Ap. 11, 1 f.

haut procul hinc commixtam sulphure lymfam
Vitrioloque bibi, gregis hic ubi filia sancti est.

in Verbindung mit der S. 7 angeführten Stelle Pat. S. 90, mit dem Lobspruch in Urach S. 40 und der Elegie V auf die Acidulae Alpinae an Dr. Caspar Murschell. Die ihn plagende

---

*) Amor Mundi (A. M.) A7: MEO SECUNDO FILIO GEORG ANDREÆ, NATO undecimo Febr. seculi nostri Anno decimo nono...
und ebenda:
Rursus in has conjux vitales edidit auras
Jam quinto, Jehova dante puerperio
Filiolum blandum.

**) Ap. 2, 23:
In vobis (Alpibus) etenim septem mihi pignora coniux
Auxiliante Deo semper semperque iuvante
Semina in haec lucis dedit...

***) El. VI: Quae continet Lacrymas meas Paternas in discessum Filiolae meae ANNÆ MARIÆ XVI. Decemb. Anno Christi CIƆIƆCXV. diem obeuntis. — El. XIV: Quae continet etc. Filij mei GEORGII ANDREÆ XXIIX. JANUARII Anno CIƆIƆCXX DIEM OBEUNTIS. — El. XX: In diem II. X br. CIƆ. IƆ. CXXIII qui est, GEORGIO filiolo meo dulcicolo feralis. — Ap. 30, Distichon 12:
Est mihi namque domi sex annos nata Puella
Non verbum, nedum reddere verba, potest,
Ferre potest nullum gressum.

Krankheit bezeichnet er als „galea capitis' an verschiedenen Stellen, so Ap. 30, Dist. 14:

> Ipsus ego horribili divellor saepe dolore,
> Quo intolerabilius nil super orbe scio,
> Quem galeam capitis vocat arte Machaonis almâ
> Turba potens.

Mit Freuden begrüsste Wieland seine 1627 erfolgende Versetzung nach Ilsfeld, einem Dorfe an der Schotzach im Württembergischen Neckarkreis, für die er im Apobaterion seinen Gönnern auf das überschwenglichste dankt. Die rauhe Lage Kohlstettens, der Mangel an gutem Wasser, den er öfters als besonderes Uebel hervorhebt und den auch Binder ausdrücklich erwähnt, Streitigkeiten mit seinen Pfarrkindern, in die sich der zum Zorne geneigte Mann durch allzu heftigen Tadel ihrer religiösen Unfolgsamkeit und sittlichen Laxheit verwickelt hatte, der Neid mancher umwohnender Amtsbrüder, die ihm seinen Dichterlorbeer nicht gönnten, endlich die kärgliche Besoldung hatten ihm nach und nach den Aufenthalt in Kohlstetten verleidet. Alles dies setzt er ausführlich an vielen Stellen auseinander, von denen ich nur die wichtigsten aus den Jahren 1626 und 1627, also unmittelbar vor seiner Versetzung, anführen will. So schreibt er Pat. dedic. 6: „Etenim si totum vitae meae cursum pensitem, a parvo puero magnam partem mera crux fuit. Morborum copia, meorum obitus, rerum mearum inopia, amicorum perfidia, familiarium iniuria, sodalium invidia, fratrum inconstantia, rusticorum petulantia, levis audacia, effrons contumacia, superiorum plurium conniventia, pauperum miseria, divitum superbia, juniorum lascivia, seniorum negligentia et alia: Mihi equidem illa saepe gemitus, lacrymas extorsere saepissime." Ferner Sortilegia Lycophrontica (S. L.) praef. 7: „Si vertant in me cornua verborum quidam geruli (? garruli) (ex quibus etiam audent mihi convitia ob os objicere et in coram mei maledicere) qui robusti scelere quam tempore, ante nocentes quam potentes, viridi pueritia, cana malitia, et qui satis scite calumniis lasciviunt, . . ." Und schliesslich S. L. praefatio 5: „Ita facitis (Hiller und Brotbeck, vrgl. S. 39), ut animo bono sim nec quorundam somniorum figmentis terrear, et multo magis alacritatem scribendi ampliatis. Sic per vestram suadam majestatem potero videri excusabundus, nec extimescere malivolorum disseminationes." — Trotz alledem schied er doch nicht ohne Bedauern von dem Schauplatze seines langjährigen Wirkens; er hatte manches Leid, aber auch manche Freude daselbst erfahren, er vertrug nicht gut das rauhe Gebirgsklima, andrerseits aber hatte sich sein für Naturschönheit empfänglicher Sinn an den Reizen der Alpenwelt erfreut, er hatte sich manche Neider, aber auch viele Freunde hier gewonnen, und die Stunden, die er mit diesen gleichgestimmten Seelen bei bescheidenem Mahle und fröhlichem, wenn auch mässigem, Gelage verlebt hatte, gehörten zu seinen schönsten Erinnerungen. Die Beschreibung alles dessen bildet den Hauptinhalt des Apobaterions, seines Abschiedsgedichtes, und ich unterlasse es daher, besondere Belegstellen anzuführen.

In Ilsfeld finden wir Wielands Namen zuerst im Taufbuch unter dem 17. Mai 1627 mit dem Exordium:

„Quod felix faustumque velit Deus esse Triunus! Sequuntur infantes baptizati a Joan-Sebastiano Wielando art. M.*) et Poeta Matthiacaesareo Anno 1627."

Am 7. März 1630 wurde ihm noch ein Sohn geboren, der den Namen Vincens erhielt, nach Taufbuch 7. März 1630: „parentes: M. Joh. Sebastianus Wieland, pastor loci et ux. Margarete geb. Ruofin als sie ins Sibend Jahr kein Kind geboren. Inf: Vincens natus horam post quartam vespertinam in ipsa Dominica Laetare et ejusdem (?) baptizatus." Das letzte Zeugnis von Wieland finden wir im Taufbuch unter dem 9. Oktober 1635. Von 1635—36 war die Stelle nach Binder S. 205 besetzt von Joh. Fr. Braunstein. 1639—42 treffen wir einen Johann Sebastian Wieland als Pfarrer in Auenstein, 1642—46 in Malmsheim, 1646—55 in Monsheim (vrgl. Binder S. 210, 943, 944). Dieser war der Sohn unseres Wielands, wie sich aus einem Eintrag desselben in das Taufbuch von Abstatt, von

---

*) Wieland erscheint hier zuert als Magister; vergl S. 28.

altersher der Filiale von Auenstein, ergiebt:*) „Quod felix et faustum sit! finit in nomini (?) Magni Jehovae curriculus ministerii Joann-Sebastiani Wielandi Poetae illius Nobilis filii etc. Die Georgii 1642." Der Dichter Wieland war 1635 gestorben, in dem Jahre, das für Württembergs Pfarrer überhaupt ein so verhängnisvolles war. Ob er wie so viele seiner Amtsbrüder von rohen Soldatenhorden getötet wurde oder ob sein, wie wir gesehen haben, ohnehin durch Krankheit geschwächter Körper einer der damals grassierenden Seuchen unterlag, geht aus dem einzigen mir bekannten Zeugnis über seinen Tod nicht hervor, doch halte ich das letztere für wahrscheinlicher. Dies Zeugnis findet sich in der Vita des Johann Valentin Andreae; ich citiere nach der Ausgabe von F. H. Rheinwald Berlin 1849. Hier heisst es S. 159 f: „Sedata sequenti anno (1636) utcunque tam saeva patriae tempestate, proximum fuit, quam hoc tristi naufragio jacturam fecerim animo recolligere, ac fortunarum quidem florenorum circiter septies millium, hominum vero plane et inaestimabilem et irreparabilem; e quorum magno et luctuoso numero paucos aliquos non praeterire visum sc... Affinium vero et interioris notae amicorum selectissimos', Blasium Braun, Joh. Bernh. Varenbüler, Davidem Bab, Joh. Ulricum Thummium, Joh. Sebastian. Wielandum...—."

Dies die äusseren Umrisse von Wielands Leben,**) die ich der grösseren Uebersichtlichkeit halber einer genaueren Auseinandersetzung seiner litterarischen Wirksamkeit und seiner

---

*) Er ist nicht identisch mit einem Johann Wieland, dessen sich Bernegger 1629 auf Michael Virdungs Empfehlung hin annahm und später an Simon Heintzmann in Durlach empfahl (vrgl. Reifferscheidt a. a. O. S. 858). Bernegger spricht 1629 von diesem „quem vides studiosum theologiae, dn. Johannem Wilandum." Der Sohn unseres Dichters aber muss 1629 noch ganz jung gewesen sein, da sein Vater in Urach (1626) den Wunsch ausspricht, dass sein einiger Sohn seines Namens später die Schule bei Georg Lang besuchen möge. — Uebrigens kann jener Johann Wieland auch nicht wohl ein Bruder des Dichters sein, wie Reifferscheidt annimmt, da Wieland Geschwister nie erwähnt.

**) Eine nähere Verwandtschaft zwischen Joh. Sebastian und Christoph Martin Wieland ist nicht [möglich, da des letzteren Familie schon seit Mitte des 16. Jahrh. in Biberach ansässig war.

Stellung zu seinen Zeitgenossen vorausschicke. Ehe ich aber auf diese eingehe, ist eine kurze allgemeine Schilderung besonders der damaligen kirchlichen Verhältnisse unerlässlich, da Wielands schriftstellerisches Wirken damit in notwendigem Zusammenhang steht.

Bereits in den letzten Jahrzehnten vor dem 30jährigen Kriege war für die verhältnismässig noch junge lutherische Kirche die Gefahr bedeutend gestiegen, die ihr innewohnende Wirkungskraft auf die Massen des Volkes zu verlieren, die für die Zeit ihres Entstehens dokumentiert wird durch ihre schnelle Verbreitung, durch die begeisterte Hingabe, mit der sich gerade der Mittelstand an sie anschloss. Diese Gefahr war dadurch herbeigeführt worden, dass man über kleinlichem dogmatischen Gezänk das zusammenhaltende Einheitsbewusstsein oft verlor und dass man mit gleicher Strenge wie einst die katholische Kirche die Geister in ein starres System zu zwingen versuchte. Am besten vielleicht kann man die damalige Gesamtrichtung der protestantischen Kirche als einen orthodoxen Rationalismus bezeichnen, als eine rein verstandesmässige Auffassung der evangelischen Heilslehren. Trotzdem, dass man die Notwendigkeit einer blutigen Auseinandersetzung zwischen Katholicismus und Protestantismus schon lange ahnte, wie die Stiftung der evangelischen Union auf der einen, der katholischen Liga auf der andern Seite deutlich zeigt, herrschte eine Uneinigkeit zwischen Protestanten und Reformierten nicht nur, sondern auch im Kreise der ersteren selbst, die zu den unangenehmsten Erscheinungen jener Zeit gehört.

Was speziell die Württembergischen Verhältnisse anlangt, so that sich die Universität Tübingen als eifrige Kämpferin im dogmatischen Streit hervor. Noch in den ersten Jahren des 30jährigen Krieges wurde zwischen ihr und der Universität Giessen ein heftiger Kampf über den Stand der Erniedrigung Christi geführt, der auch die übrigen evangelischen Länder Deutschlands in Mitleidenschaft zog. Doch auch ausser diesem Zanke der Theologen, der, abgesehen von dem unerquicklichen Eindruck, den er hervorzurufen geeignet war, doch keine unmittelbare Wirkung auf das Volk im ganzen ausübte, gab es im Lande des religiösen Zwistes genug. Das Württembergische Volk war, wie noch jetzt, so schon damals besonders geneigt zu einer wenn nicht antikirchlichen, so doch ausserkirchlichen Befriedigung seiner religiösen Bedürfnisse. Infolgedessen schloss es sich leicht an Richtungen an, die dieser Neigung entgegenkamen, anfangs wohl meist ohne das Bewusstsein, dass es sich von der Lehre der Kirche irgendwie entfernte; dann aber hielt es, durch das Entgegentreten seiner Prediger darauf aufmerksam gemacht, in nun bewusstem Gegensatze das einmal Angenommene um so hartnäckiger fest. So haben besonders in der damaligen Zeit die Schwenckfeldianer in Württemberg eine ziemliche Verbreitung gewonnen, deren Umfang wir nur deshalb nicht übersehen können, weil sie in den meisten Fällen, nur gekannt von ihren eigentlichen Seelsorgern, im Verborgenen geblieben sind. Ausserdem hielt die Sorge vor heimlichem Eindringen kalvinistischer Strömungen bei den Erfolgen, welche die reformierte Kirche in den Nachbarländern errungen hatte, die schwäbischen Geistlichen in steter Aufregung. So wurde es allmählich fast zu einer Sucht, überhaupt hinter jeder selbständigen Aeusserung etwas verdächtiges zu wittern und mit offener oder versteckter Feindschaft irgendwie freier denkende Männer zu verfolgen. Entging dem doch selbst Johann Valentin Andreae nicht, gewiss einer der treuesten Söhne seiner Kirche, ebensowenig wie der fromme Johannes Arnd, der lange Zeit von den meisten misstrauisch beobachtet, von manchen geradezu als Ketzer angesehen wurde. Auf der andern Seite aber herrschte dieser religiösen Parteinahme gegenüber ein religiöser Indifferentismus oder geradezu Unglaube, der teils auf wissenschaftliche Forschung basiert war und hier seinen Ausgangspunkt in den humanistischen Bestrebungen hatte, teils aber auch ohne weitere Begründung einfach der Lebenslust seinen Ursprung verdankte, die von religiösen Bedenken nicht gestört sein wollte.

In diese Verhältnisse trat Johann Sebastian Wieland als berufener Vertreter seiner Kirche im Alter von erst 21 Jahren ein. Vorgebildet auf der Universität Tübingen und auf den einen gleichen Geist atmenden theologischen Seminaren, war es nicht anders zu erwarten, als dass auch er sich der orthodox-polemischen Richtung, die ihm hier bei seinen Lehrern entgegengetreten war, anschliessen werde. Und in der That finden wir ihn in seinen Schriften als eifrigen Verfechter der Rechtgläubigkeit. Den Calvinisten, die er meist verächtlich „grex Calvinus' oder „factio Calvi' nennt, den Schwenckfeldianern, Antitrinitariern und Bilderstürmern, deren Lehre damals in Abraham Scultetus einen neuen Verteidiger fand, tritt er mit Entschiedenheit, spöttisch und zürnend entgegen. Haut carnali, at sancta percitus ira, wie er selbst Ap. 3, 6 sagt, ging er gegen die sittlichen Verstösse vor, wo er sie immer bemerkte.*) Aber doch zeichnet ihn vor vielen andern aus, dass ihm das was er lehrte und vertrat, soweit wir aus seinen Schriften urteilen können, nicht bloss ein verstandesmässig begriffenes Dogma war, sondern Sache seiner inneren Erfahrung, dass er ferner sich nicht als gedankenloser Nachbeter der ihm gelehrten Sätze zeigt, sondern eine selbständige Ansicht sich erworben hatte, die er durch eigenes fortwährendes Studium (vrgl. S. 31) zu vertiefen suchte. So gehört er auch mit zu den Württembergischen Theologen, welche sich offen für Johannes Arnd erklärten; finden wir doch in seinen Tibicines Irridentes (T. J.) 1619 zwei rühmende Anagramme auf Arnd (ein weiteres noch S. L. von 1627). Auch giebt er sich nie mit dogmatischen Spitzfindigkeiten ab, sondern es überwiegt bei ihm die Richtung auf das Erbauliche, wie besonders seine Prosaschriften deutlich zeigen.

Wir kommen so zu Wielands schriftstellerischer Thätigkeit. ich zähle zunächst seine Werke auf, indem ich bei jedem gleich eine kurze Inhaltsangabe hinzufüge und überhaupt das Wissenswerteste gleich hier anführe.

1. Horologium oder Geistlichs Schlag Vhrlein.
Dieses habe ich nicht zu Gesicht bekommen; es wird bezeugt an zwei Stellen, Ur. 31, 1:

---

*) Anmerkungsweise möge hier ein Eintrag in das Taufbuch von Ilsfeld unter dem 15. Mai 1628 Platz finden: „Dieses Par hat mit supplicieren erhalten die Gefängnisstraf vnd 20 Reichstaler dafür geben. Dann sie den 25. 9bris zu Kirchen gangen, vnd ist sie seine magdt gewesen. Denn er war einer des Rats, sed non sicut Joseph Arimathaeus."

„Mein Horologium oder Geistlichs Schlag Vhrlein
Hats auch vor Siben Jahr in der Vorred zeigt allein."
und El. S. 2: „Horologus placui tibi quondam." Nach der
ersten Stelle ist es 1618 anzusetzen, da Crach wohl 1625 geschrieben ist (vergl. S. 24 f.).

2. TIBICINES IRRIDENTES; Sub quibus Satyrico stilo damnat Principium: nihil credendum, quod repugnat rationi. JOAN-SEBASTIANVS WIELANDVS Poëta Laur. 8. ein Bogen; am Schlusse: Ulmæ, Typis Johann Mederi M. DC. XIX. (Tübinger Univ.-Bibl. Dk. II. 152).
Die Satire ist dem durch seinen Streit mit den Tübinger Theologen bekannten Giessner Professor Balthasar Mentzer gewidmet. Am Schlusse folgen vier (eigentl. sechs) lateinische und griechische Epigramme verwandten Inhalts, darauf als Appendicula 1. ein griechisches Epigramm ‚In Continuationem voti Postsimilis (? Posthimelissaei) sed à Seb. Hornmoldo collectam', dasselbe auch lateinisch; 2. zwei lat. Anagramme auf Johannes Arnd; 3. ein lat. Epigramm an Conrad Dietrich in Ulm über den Tod des Professors Helvich in Giessen, 4. ein lat. Epigramm auf Joh. Baptismus Hebenstreitt, datiert: Ipso XI. Jan. CIƆ.IƆCXIX. (Dedicatio A 2, Satire selbst A 3—A 4, die vier Epigramme A 4— A 6, die Appendicula A 6—A 8). Der Titel ist entlehnt dem Ev. Matth. C. 9 v. 23 f. (Auferweckung der Tochter des Jairus): „Und als er in des Obersten Haus kam und sah die Pfeifer und das Getümmel des Volks, sprach er zu ihnen: ‚Weichet, denn das Mägdlein ist nicht tot, sondern es schläft,' und sie ver- lachten ihn." So sollte die Satire diejenigen treffen, welche nichts glaubten, als was sie mit ihrer Vernunft begreifen konnten, und deshalb die Bibel nach den Forderungen des logischen Denkens normieren wollten, speziell die sogenannten Antitrinita- rier oder Unitarier, deren Lehre Wieland mit der des Bischofs Photinos von Sirmium, dem Vertreter eines dynamistischen Monarchianismus, identifiziert.

3. MELISSA Satyricâ virtute lethargum expellens, et ad vigilantiam laboris provocans; JOAN-SEBASTIANI WIELANDI Poët. Laur. 8. ein Bogen. ohne Ort und Jahr (vrgl. S. 20 ff.). (Tüb. Univ.-Bibl. Dk. II. 152).

Die Satire ist Christoph Besold gewidmet. Am Schlusse folgt eine „Consideratio ex nomine Christophori Besoldi" in elegischem Versmass und ein Anagramm auf Conrad Cellarius (Dedic. A 2, Melissa A 3 — A 6, Consideratio A 6 — A 8, Anagramm A 8). Wieland setzt in dieser oft schwer verständlichen Satire auseinander, warum er immer wieder dichte, obwohl er infolge mannigfacher Anfeindungen sich vorgenommen habe, es zu lassen,*) nämlich weil er nicht anders könne, dann weil er es für unrecht halte, die ihm gegebene Anlage nicht zu verwerten, und zuletzt weil man in der Verfolgung des Guten nicht zu viel auf das Gerede der Leute geben dürfe. Entschieden verwahrt er sich gegen den Vorwurf des Ehrgeizes und des Hochmutes.

4. Amor Mundi QUI EST OLLARIS SATYRI cé repraesentatus A IOAN - SEBASTIANO WIELANDO Poët. Laur. 8. ein Bogen. ohne Ort und Jahr (vrgl. S. 20 ff). Tüb. Univ.-Bibl. Dk. II. 152).

Die Satire ist einem Verwandten, Georg Machtolph dem jüngeren gewidmet. Am Schluss folgt eine Elegie an Wirichius Wieland den jüngeren, gleichfalls einen Verwandten, aus dem Jahre 1610, gleichen Inhalts, hierauf zwei Epigramme; in dem einen dankt er einem M. Jacob Klinger, Pastor in Gomendingen, für die Taufe seines Sohnes Georg Andreas; das andre ist überschrieben „Pro Amore Dei contra Amorem Mundi". (Dedic. A 1 — A 2, Amor Mundi A 2 — A 5, Elegie A 6 — A 7, Epigramme A 7 — A 8). Die Satire handelt von den Freundschaften, die beim Mahle (Ollaris von olla = der Topf), bez. beim Weine geschlossen werden und sich allein darauf gründen. Ihre Vergänglichkeit wird in konkreter Weise an Beispielen gezeigt. Zum Schlusse kommt er noch auf die Vernachlässigung und Verachtung zu sprechen, welche die Pfarrfrauen nach dem Tode ihrer Männer zu erfahren pflegen.

5. AMETHYSTUS; Continens Satyram sobriam adversus cohortem ebriam. AVCTORE IOAN - SEBASTIANO WIELANDO, Poëta Lauru Coronato Caesareâ. 8. ohne Ort und Jahr (vrgl. S. 20 ff). (Tüb. Univ.-Bibl. Dk II. 152, Exemplar unvollständig).

---

*) Vrgl. S. 35 Anmerkung.

Die Satire ist Sebastian Hornmold, Württembergischem Rat, Comes Palatinus und Poeta Laureatus (vrgl. S. 38), gewidmet. Der Name Amethystus (ἀμέθυστος) kommt in der Beziehung, die er hier hat, zuerst vor in der Schrift des Johannes Posthius ‚Collegii Posthimelissaei votum, Hoc est, Ebrietatis detestatio, atque potationis saltationisque eiuratio. Amethystus princeps sobrietatis. etc.' Frankfurt 1573 (Goedeke § 113, 108). Die Behandlung des Themas ist plastischer als in Hornmolds Schrift ‚In crapulam pro sobrietate, sive votum Posthi- Melissaeum de vitanda et fugienda ebrietate' Basel 1619 (Goedeke § 113, 192), auf die Wieland in der Catull I nachgebildeten Widmung hinweist:

„Quoi trado saturam meam recentem
Mordaci sale tinctam in hujus aevi,
Quoinam? Hornmolde tibi patrone magne,
Posthi et qui comitis tui Melissi
Votum continuas decente cura."

Das Treiben der Weinschwelge wird sehr ausführlich geschildert, ihre Entschuldigung desselben in direkter Rede vorgeführt, und namentlich die Gebildeten werden ermahnt, nicht mit schlechtem Beispiel voranzugehen.

Tibicines Irridentes, Melissa, Amor Mundi und Amethystus finden sich also in dem Tübinger Exemplar vereinigt, und zwar in der von mir bewahrten Reihenfolge.*) Diese Vereinigung ist 1625 erfolgt nach der auf dem Einband eingepressten Angabe ‚S. G. G. 1625', die ihre nähere Erklärung findet durch den auf der Innenseite des Deckels geschehenen schriftlichen Eintrag ‚Ex Bibliothecâ Samuelis Gerlachii Goeppingensis, Anno Domini nostri 1625. Die 20. Augusti.' Natürlich dürfen wir aus dieser

---

*) In demselben Exemplar findet sich noch ein Werk des als lateinischen Dramatikers bekannten Tüb. Prof. Friedrich Hermann Flayder: Danielis Heinsii Peplus Graecorum Epigrammatum: In Quo Omnes Celebriores Graeciae Philosophi, encomia eorum, vita et opiniones recensentur, aut exponuntur: A Friderico Hermanno Flaydero Latine interpretatus, ita, ut Carmen Carmini, numerus numero, pes pedi, modus modo, vox voci ferè respondeant. TUBINGÆ, Typis Theodorici Werlini, Anno M DC. XVIII.

frühen Vereinigung nicht ohne weiteres auf die Richtigkeit der Anordnung schliessen. Doch stimmt dieselbe allerdings für die Tibicines, Amor Mundi und Amethystus, wie sich aus El. XI., XII. und XIII. nachweisen lässt, und so sind wir berechtigt, auch der Melissa ihre Stelle zu lassen.

Im Manuskript fertig geworden ist Amor Mundi nach dem elften Februar 1619, da dieses Datum als Geburtstag seines Sohnes Georg Andreas darin erwähnt wird, spätestens aber wohl Ende März dieses Jahres. Denn El. XI an Joh. Baptismus Hebenstreitt, einen Ulmer Schulmann, von dem Wieland, wie es scheint, die Herausgabe seiner vier ersten Satiren besorgen liess, spricht er:

„At nihilo secius numeros tibi mitto Poeta
    Inclute, dum mittis carmina nulla, meos"

und weiter:

„Nam mihi si crebro, nec adulor, miseris, inde
    Venit magnarum grande pol augmen opum.
Adlubio omne (? omni) tuo fors stat tua mittere, sive
    Eripere alpino scripta venusta solo?
Est ita. si Pietas regina hoc siverit, atque
    Ollae nullius adsecla Amicitia."

Der letzte Pentameter spielt deutlich auf den Titel ‚Amor Mundi, qui est ollaris' an, und höchst wahrscheinlich ist unter den numeri, die er schickt, eben Amor Mundi zu verstehen, da jener Vers dann erst seine rechte Pointe erhält. Der weitre Gang der Elegie passt sehr gut dazu; er klagt darin, dass sie sich so lange nicht gesehen hätten, doch müsse er den versprochenen Besuch noch aufschieben, denn:

„Me impedit at blandâ et prole marita novâ."

Seine Gattin befand sich also noch in den Wochen. Die Tibicines waren bereits erschienen, da sie am Schlusse derselben Elegie erwähnt werden.

Für den Amethystus lässt sich die Zeit aus El. XII u. XIII (ebenfalls an Hebenstreitt gerichtet) bestimmen. Es heisst El. XII:

„Sobria ab ebriolis placeat tibi dissita vita?
Et placeant numeri dive Poeta mei?

ferner: „Exspectes aliis, compastor deficit, horis,
Vicinus, genii pignora nota mei
Nempe Amethystum ..."
El. XIII: „Interea nostro hoc Amethysto epigramma legendum
Atque apponendum mittimus Archaicum."
Den versprochenen Besuch hatte er noch nicht ausgeführt; denn er sagt ebenfalls El. XIII:
„Quando erit? ut videam tam carmen amabile vestrum,
Utque adventiciâ nos subito accipias?
Tunc sed dante Deo laetas variabimus horas
Hebenstreitte tuos quando videbo lares.
Hos niveos floccos testor, quos Auster in Alpes
Flans, nondum in gelidas sed mora vertit aquas."
Die Elegie ist also im Spätherbst und doch wohl des Jahres 1619 geschrieben; denn es ist unwahrscheinlich, dass er seinen Besuch vom März 1619 bis zum Herbst 1620 verzögert habe. Also ist der Amethystus Ende 1619 oder Anfang 1620 zu setzen.

Der Verlag der vier Satiren ist derselbe, also bei Johann Meder in Ulm, wie die übereinstimmende Ausstattung und der gleiche Druck beweist.

6. Apes; dies Werk war ebenfalls nicht aufzutreiben; es ist bezeugt El. XVII ‚Cur Apiculas, Satyras, et Epigrammata Liberiora scribam'; ferner Ap. 26, 14:
„Ne quod ego quondam de quodam carmine scripsi
Inseruique Apibus nostris ..."
Einen Begriff von der Art und Weise dieser ‚Apes' giebt uns ein Gedicht aus ihnen, das Ap. 26, 18 ff. wieder abgedruckt ist. Es lautet:
„Praedicat: esse Deum; et nemo est blasphemior illo.
Caste vivendum; et nemo est lascivior illo.
Pocula vitandum (? a); et nemo est magis ebrius illo.
Mansueto esse animo; et nemo magis deditus irae;
Justitia standum; et nemo est iniustior illo.
A fastu procul esse; est nemo superbior illo.
Vero indulgendum; et nemo est mendacior illo.
O DI! quam bené praedicat hic! et tam male vivit."
Für die Abfassungszeit der Apes bieten sich keine Anhalts-

punkte; ich habe sie deshalb vor das Werk gesetzt, in dem sie zuerst erwähnt werden (vergl. S. 34).

7. IOAN-SEBASTIANI WIELANDI P. L. Elegiarum Liber. TVBINGÆ,*) Typis exscribebat Theodoricus Werlin ANNO M. DC. XXIV. 8. 70 S. (Königl. Bibl. zu Stuttgart).

Das Buch ist D. Joh. Joachim à Grüenthal etc., Illustris Collegii Tub. Ephorus, gewidmet. Es enthält 24 Elegieen, doch sind nur die ersten zwanzig gezählt. Die früheste ist wohl die sechste von 1615. Die zweite ‚In Discursum Christoph. Besoldi de Jure Academiarum et Antiquitatibus Tubingensis Academiae sub fonte vitae' findet sich schon in Christophori Besoldi Juridico-Politicae Dissertationes De Jure Rerum etc. Argentorati 1624. 4. (Wolfenbüttel 26 Pol.) S. 281—83 (39 Distichen).

8. Cultus amarus ABRAHAMI SCVLTETI; Cujus subdolum principium sub duplici Anagrammate Satyrâ reprehendit; et Epigrammatum coronidem apposuit, AD Lucam Osiandrum, D. Joan. Sebast. Wielandus, P. L. C. TVBINGÆ, Typis Theodorici Werlini, ANNO M. DC. XXV. 8. 18 S. (Leipz. Univ.-Bibl. Poet. lat. rec. 493 d).

Die Satire ist dem Tübinger Professor Lucas Osiander gewidmet, der die Ansichten des Scultetus bereits scharf zurückgewiesen hatte. Am Schlusse folgt ein Epigramm auf Scultetus und eine Epigrammatum coronis auf L. Osiander, Theodor Thumm und Ulrich Pregizer (Dedic. 1—3, Satire 3—12, Errata 18). Das duplex anagramma lautet:

„Vah Mars stulte cubas!
Abs te (nam) cultus amarus."

Abraham Scultetus hatte am 22. Dez. (neuen Stils) 1619 in Prag, wohin er den Kurfürsten Friedrich von der Pfalz begleitet hatte, eine Predigt gehalten, in der er die Lehre der Bilderstürmer wieder aufnahm.**) 1621 und 22 hielt er sich in

---

*) Vor ‚TUBINGÆ' steht noch ein lat. Epigramm des Janus Gruter, vrgl. S. 38 f.

**) Vrgl. ‚FBIDERICI BALDUINI D. Gründlicher Gegenbericht Auff Abrahami Sculteti vermeinten Schriftmefsigen Bericht von Götzenbildern Welchen er an die Christliche Gemein zu Prage in einer Predigt den $\frac{12}{22}$ Dezembr. des 1619. Jahrs gethan etc. Gedruckt zu Wittenberg / bey Johan Matthaeo / In verlegung Paul Helwigs Buchf. Anno 1620. 4.

Schorndorf in Württemberg auf,*) und hier geriet er jedenfalls mit den Württembergischen Theologen in Streit. — Der Cultus amarus muss viel früher als 1625 gedichtet sein, da Wieland von jener Predigt des Scultetus als von etwas ganz kürzlich Geschehenem redet. Die Satire ist wohl die beste Wielands, von grosser Lebendigkeit der Darstellung, namentlich im ersten Teil, wo er den Scultetus selbst reden lässt und sein Treiben übertreibend schildert. Doch auch der zweite Teil, in welchem die Berechtigung der Lehre der Bilderstürmer zurückgewiesen wird, ist gut gelungen, besonders ist der lehrhafte, dozierende Ton im ganzen glücklich vermieden. Witzig ist die Schlussapostrophe an Scultetus: „Also auch dein Bild soll niemand darstellen, und es soll verboten sein, dir mit Bildern versehene Münzen zu schenken; denn du hast ja den Bildern Valet gesagt."

9. Vrach: Das ist / Warhafftige / Nutzliche / Lustige Beschreibung / der Weitberüembten Statt Vrach an der Alp / im hochlöblichen Hertzogthumb Württemberg gelegen / Darinnen neben allerhand Poetischen Erfindungen vermeldet / wie sie mehisten theils heutigs Tages Beschaffen seye. Auſs Liebe gegen dem Vatterland / Danckbarkeit gegen der Statt / vnnd fortpflantzung der Löblicher Teutscher Sprache durch die Poeterey / mit newen / noch nicht fast jedermeniglichen Bekandten Teutschen Versen / Durch Joannem Sebastianum Wielandum, Poetam Matthia-Caesareum. Getruckt zu Tübingen bey Dieterich Werlin / im Jahr Christi 1626. 4. 58 S. (Tüb. Univ.-Bibl. L. XIV 50). Widmung in Prosa an Bürgermeister, Gericht und Rat der Stadt Urach S. 1 — 3; ein lat. Epigramm des Joh. Harpprecht auf Wieland S. 4; das Gedicht selbst S. 5 — 57; Errata S. 57 — 58.

Das Gedicht war nach S. 3 zu einer Neujahrsgabe bestimmt, es fragt sich nur, ob Neujahr 1626 oder 27 gemeint ist. Die Zeitbestimmung der Widmung ‚seit ich mich in dero Bevogtung... auff dreyzehen Jahr auffgehalten' giebt hierüber keine

---

*)' Vrgl. Leben der Berühmtesten Kirchen-Lehrer und Scribenten Des XVI. und XVII. Jahr-Hunderts nach Christi Geburth etc. von M. Erdmann Uhsen. Leipzig / Verlegts Friedrich Groschuff / 1710.

sichere Aufklärung; wohl aber scheint mir für Neujahr 1626 eine Stelle im Apobaterion, S. 6, 15 ff., zu entscheiden:

„Quà patet Vracum, quod quondam nobile scripsi
Omnijugis (?-genis) donis coelestibus, ipse novorum
Metrorum formâ, Patrioque idiomate vates."

Das ‚quondam' wäre, da das Apobaterion vom XVII. Kal. Febr. 1627 (16. Jan.) datiert ist, höchst auffällig, wenn damit Dezember oder frühestens November 1626 gemeint wäre. Ausserdem wird in ‚Urach' von seiner Versetzung nach Ilsfeld, so dass es als Abschiedsgedicht zu betrachten wäre, gar nichts erwähnt. Demnach ist also Urach 1625 geschrieben und Anfang 1626 erschienen und so auch das Horologium 1618 anzusetzen.

Urach beginnt nach einer kurzen Einleitung, welche die Städtegründungen in Deutschland bespricht und den Namen ‚Württemberg' zu erklären sucht, mit einer Geschichte der alten Grafen von Urach (auch hier wieder Namendeutung), die anfangs ganz fabelhaft, dann ungenau, verwirrt und lückenhaft ist. Erst mit dem Jahre 1260, wo König Richard dem Grafen Ulrich von Württemberg den Lehnsbrief von Urach ausstellte, fängt Wielands Darstellung an, mit der geschichtlichen Wahrheit übereinzustimmen. Von 1265 macht er einen Sprung bis 1434, dem Jahre der Länderteilung zwischen Ludwig und Ulrich von Württemberg. Ludwigs Sohn, Graf Eberhart im Bart, erwähnt er nur kurz, weil er schon von andern gelobt sei, wahrscheinlich auch, weil er speziell mit Urach nichts weiter zu schaffen hatte. Von Herzog Ulrich schildert er sehr ausführlich die Erlegung eines gewaltigen Wildschweins bei Urach.

Mit Herzog Ulrich schliesst er den geschichtlichen Teil (S. 14) und geht zu einer Beschreibung der Umgegend der Stadt Urach über. So redet er von Wild und Vögeln, Quellen, Bächen, Seen, Bergen, Blumen und Kräutern, Pferdezucht, Gärten, Klöstern. Von dem Weiter-zu dem Näherliegenden fortschreitend spricht er dann von dem Schloss Hohenurach,*) dem Tiergarten

---

*) Er teilt ein Gedicht von Nikodemus Frischlin mit, der hier bis zu seinem Tode gefangen sass, das er eigenhändig aus einem Manuskript Frischlins abgeschrieben habe. — D. Straufs ‚Leben u. Schriften des Dichters und Philologen Nik. Frischlin' bringt dasselbe S. 543 f. und erwähnt

der Pulvermühle und Papiermühle, der Weberei, den Gemeindewiesen und der Molkerei. Endlich geht er in die Stadt selbst hinein und behandelt alles irgendwie Interessante darin mit grosser Ausführlichkeit. Noch einmal wird er weiter abgeführt durch die Erwähnung der Orte, welche in die Gerichtsbarkeit von Urach hineingehörten, bis er dann zulezt zu seiner Stadt zurückkehrt, die sein Lied unsterblich gemacht habe. Mit einem Wunsche für sich selbst schliesst er das Gedicht.

Man sieht, der Plan der Anordnung st an sich nicht ungeschickt; aber freilich, zu seiner richtigen Ausführung reichte weder Wielands dichterisches Können aus, noch, glaube ich, das eines andern seiner Zeitgenossen. Die Schwierigkeit des beschreibenden Gedichts, die darin besteht, dass für räumlich neben einander liegende Gegenstände an Stelle der natürlichen Verbindung, die sie in Wirklichkeit haben, eine andere, künstliche gefunden werden muss, war damals wohl noch kaum erkannt worden, geschweige denn dass ein bewusster Versuch zu ihrer Lösung gemacht worden wäre. So steht das einzelne in ‚Urach' so unverbunden neben einander, als es in meiner kurzen Inhaltsangabe erscheint.

Der Stil des Gedichtes ist unglaublich schwerfällig und ungeschickt, oft geradezu sprachwidrig, ein trauriges Zeichen von der Unkenntnis der Muttersprache, die gerade unter so vielen der Gebildeten damals herrschte. Von der Rohheit des Versbaues wird später die Rede sein. Trotzdem verdient aber das Gedicht immerhin eine gewisse Anerkennung, schon als durchaus selbständiger Versuch einer längeren Beschreibung in deutscher Sprache, dann aber auch wegen des warmen gemütvollen Tones, der darin herrscht, wegen des Fehlens des Bombastes und des Haschens nach Effekt, wegen der relativen Vermeidung unnötiger gelehrter Anspielungen und der Fremd-

---

S. 554 Anm. 1 ein handschriftl. Lagerbuch des Joh Seb. Wieland befindlich auf dem Cameralamte in Urach, als Quelle. — Auf meine Anfrage beim Cameralamte in Urach erhielt ich zur Antwort, dass ein solches handschriftl. Lagerbuch daselbst nicht vorhanden sei. Den gleichen Erfolg hatte eine Erkundigung bei dem Staatsarchiv in Stuttgart.

wörter und endlich wegen des sichtbaren Bestrebens, allerhand Abwechslung in die Beschreibung hineinzubringen.

10. Ein Teutsch Poetisch Newes Kunst Stückle/ Vber dem Namen: Johannes Friderich / Hertzog zu Wirtemberg vnd Teckh: Graafe zu Mümpelgartt / vundt 84. Herr zu Heydenheim:
Guckhet: Ein Frewd/Schatz/Hort/Begird/Rhuom/ ein Zier: huy zumal der Gegenpart Hammer / findt 84. theūren Nuz.

Erclärung. Mit Newen vnd auff die Art der Frantzösischen Versen. .... Joan-Sebastian. Wielandus, P. L. C. vnd Pfarrer zu Colstetten vf der Alp. Getruckt zu Tübingen / bey Eberhard Wilden / im Jahr M. DC. XXVI. (Wolfenbüttel 56. 9. Poet.) Einblattdruck.

Es ist also ein Anagramm (was Goedeke nicht beachtet zu haben scheint, bei ihm mehrere Fehler in der Titelangabe, ausserdem fälschlich 1621 als Druckjahr angegeben). Da die ‚Erclärung' nur acht Alexandriner beträgt, so setze ich sie vollständig her:

GVckhet s Lands Frewd/s Volcks Schatz/Stammens Hort/
 des Kaysers Rhuom/
Hochverwandten Begird/des Reichs Zier in einer Summ
 Hertzog Johann Fridrich / vnser Gnädiger Herr/
Das aller Welt bekandt/nach all vnserm Beger:
Huy der ist auch zumal ein Hammer der Gegenpart/
Führt vns aufs Noth nechst Gott/durch jhn seind wir
 wohl verwahrt.
Drumb durch Christum in Gott (vnseren Feinden Trutz)
 Findt er / findt das gantz Land gar köstlich theüren Nuz."

In den Sortilegia Lycophrontica von 1627 findet sich das Anagramm abermals. Doch ist hier eine Verbesserung vorgenommen worden, indem das nicht zur Deutung gehörige ‚Guckhet' aufgegeben und statt dessen nach ‚Hort' ein ‚Eckh' und nach ‚findt' ein ‚Gut' eingeschoben ist. Ausserdem ist die Erklärung hier lateinisch.

11. IOAN-SEBASTIANI WIELANDI P. L. C. De PATIENTIA Liber Singularis, QUI FUNDAMENTATAM IN

PRIVATIS, quam publicis calamitatibus continet. Ulmae Typis exscripsit, IONAS SAURIUS ANNO Christi CIƆIƆCXXVI. 12. 118 S. und Seite. Errata. (Königl. Bibl. zu Stuttgart). Auf dem Titelblatte des Stuttgarter Exemplars steht geschrieben „Suo Frisaeo Wielandus'. Das Buch ist Georg Machtolph (vrgl. S. 10) gewidmet. Derselbe litt damals an schwerer Krankheit und starb am 24. Juni 1626 nach St. 144. Vorher geht ein Anagramm auf Wieland von Joh. Harpprecht und ein Epigramm des Frisaeus, am Schlusse noch eins von diesem (Dedic. 1—16, De Patientia 17—114, Capitelverzeichnis 115—117, Errata). De Patientia Liber ist bereits 1615/16 verfasst nach Dedic. 5: „Ante decennium et quod excurrit, Patientiam hoc quo conspicis voltu et penicillo pinxi." Es ist ein unveränderter Abdruck eines damals gehaltenen Vortrages, sogar die Form des Vortrags ist beibehalten (Beginn: „Homo natus de muliere, F. conscripti carissimi —"). Er gab die Schrift heraus, indem er sich darauf berief, dass gelehrte Männer, wie A. Osiander und J. Hauber, ihre Beistimmung erklärt hätten; S. 16 teilt er einen dies bestätigenden Brief des Osiander mit.

Das Schriftchen behandelt in 27 Kapiteln alles, was mit der christlichen Geduld zusammenhängt. Es zeugt von einem fleissigen Studium der älteren und neueren theologischen Litteratur, aus der er vieles wörtlich entlehnt hat, doch so, dass er dem ganzen ein selbständiges, einheitliches Aussehen zu geben suchte, vrgl. Ded. 11: „Ego ex variis, quae ad hanc separavi..., in hanc unam confudi: ut etiamsi appareat, unde sumptum est, aliud tamen esse, quam unde sumptum est, appareat." Der Stil ist klar und fliessend, wenn auch nicht immer klassisch. Vielleicht hat er durch diese Abhandlung die Magisterwürde erlangt (vrgl. S. 13).

12. **Euphemia**; war nicht aufzutreiben, wird bezeugt Ap. 4,9: „Eupheme si transponam metagrammate nomen," deutlicher S. L. 45: „Plura Anagrammata ex hoc nomine si desideras Lector, adi Euphemiam meam." Der Inhalt war also ein ähnlicher wie der der Sortilegia, vrgl. S. 29 f. Anhaltspunkte für die Zeit der Abfassung bieten sich auch hier nicht, weshalb ich das

Werk vor das Apobaterion stelle, in welchem es zuerst erwähnt wird (vrgl. S. 23 und 34).

13. JOAN-SEBASTIANI WIELANDI, POEtae Matthia-Caesarei. designati Pastoris Ilsfeldensis. Apobaterion. TUBINGÆ, Typis et Formis Werlinianis. ANNO M. DC. XXVII. 8. 34 S. (Leipz. Univ.-Bibl. Poet. lat. rec. 493ᵈ).

Nach dem eigentlichen Apobaterion, das in lat. Hexametern geschrieben ist, folgen S. 28 zwei Jahresangaben des D. Reihing und des M. Dolmetsch, S. 29 eine Elegie Wielands an Ulrich Brollius, den Direktor des Consistoriums in Stuttgart, S. 33 Propemptica Fautorum et Amicorum (zwei Anagramme auf Wieland, von Frisaeus und von Joan Conrad Schweickher, Pfarrer in Gomendingen.

Das an das Consistorium gerichtete*) Apobaterion ist ein Abschiedsgedicht vor seiner Versetzung nach Ilsfeld. Es ist im ganzen gut gelungen. Das wehmütige Gefühl des Abschiednehmens, bei dem einem der Wert dessen, was man gehabt, erst recht klar wird, das dankbare Zurückschauen auf den bisherigen Lebensgang und das hoffnungsvolle Ausblicken in die Zukunft finden hier einen entsprechenden Ausdruck. Mit Verständnis hat Wieland seine Lebensschicksale in den Gang des Gedichtes verflochten. S. 19 v. 20—S. 22 v. 18 ist eine 86 Hexamter umfassende freie Paraphrase des 91. Psalms eingeschoben, welche St. 141 ff. wieder abgedruckt ist.

14. JOAN-SEBASTIANI WIELANDI P. L. C. SORTILEGIA LYCOPHRONTICA, QUÆ PER SABINORUM SOMNIA, varia Anagrammata ex nominibus virorum clariorum exhibent. His accesserunt eodem colligente, MARCI DOLMETSCHI SECRETARI WIR temb. V. C. Anagrammata. Epigrammata. Chronosticha. ULMÆ, Ex officina Typographica JONÆ SAURII, ANNO M. DC. XXVII. 12. 77 S. (Königl. Bibl. zu Stuttgart).

Das Buch ist den Württembergischen Kammersekretären

---

*) Die Widmung steht auf der Innenseite des Titelblattes und ist datiert vom XVII. Kal. Febr. Anno Christi CIƆIƆCXXVII.

Heinrich Hiller und Conrad Brotbeck gewidmet (Dedic. S. 1—9). Es enthält fast nur Anagramme, die eines wirklich poetischen Gehaltes meist völlig entbehren. Als Versmass herrscht das Distichon vor, doch finden sich auch stichische Hexameter, Phaleuceen, freie Jamben, einmal auch das (erste) pythiambische System (daktylischer Hexameter + iambischer Dimeter). An poetischem Werte stehen die angehängten Gedichte des M. Dolmetsch ebenso niedrig.

15. Sterbstündlein; Das Ist Christlichs Trostbüchlin den Stunden nach. Bey denen zu gebrauchen, so avfs diser welt abscheiden wollen, das sie seliglich der Welt abgnaden vnd zu Gott kommen mögen. Zusamengetragen Durch Johann Sebastianu Wielandum P. C. Pfarrern zu Ilsfeld im Lands Wirttemberg Regnum DEI intra nos est. Ringsum Bilder: oben bergige Gegend mit Burg, Bäumen, Kirchen, in deren Mitte ein Hügel; auf diesem steht ein Totenkopf; darauf eine Sanduhr und ein Anker, in dessen Mitte Kranz und Palmenzweige; an dem Anker oben ein Herz befestigt, das aus den Wolken vom Gewissen, Zorn Gottes, Tod und Teufel bedroht wird. — links Christus am Kreuze; das Kreuz ruht in einem Kelche, aus dem Rosen hervorblühen, auf einer Blüte ein Heiz, neben dem Kelch liegt Brot. — rechts ein dürftig bekleideter liegender Mann, den die Sonne bescheint. — unten links protbeckhisch, rechts Stickelisch Wappen, in der Mitte Christus, der ein Band hält mit der Inschrift: „würst nicht wissen welche stunde Apoc. 3," und Stundenrad. — Darunter: Gedruckt zu Stuttgart bey Johann Weyrich Rösslin im Jahr 1628. 12. Titelblatt mit Vorrede ein Bogen. 176 S. Errata. (Eigener Besitz; ausserdem ein Exemplar in der Ulmer Stadtbibl.).

Das Sterbstündlein ist Frau Susanna Brotbeck und Frau Susanna Kayser, deren Männer Gönner von ihm waren, gewidmet. Es umfasst eigentlich nur 96 Seiten, darauf folgen noch Sterbegebete Wielands, Morgen- und Abendsegen von Johannes Arnd, die bekannte Abendmahlsordnung von Felix Bidembach[*]

---

[*] Vrgl. Römer Kirchl. Gesch. Württembergs 2. A. S. 296.

und ähnliches. Auch zwei deutsche geistliche Lieder Wielands finden sich S. 144—49. Aus der Horoscopia des Valerius Herberger ist der ‚Summarische Inhalt der 24 Tag: vnd Nachtstunden / in welche der Passion vnsers Heliands Jesu Christi füglich einzutheilen etc.' abgedruckt. Vorn und hinten begleiten das Büchlein einige rühmende Epigramme von Joh. Oettinger,*) Marcus Dolmetsch, Johann Glöckler, Paedagogiarcha Stutgardianus. Interessant ist das Sterbstündlein besonders auch deshalb, weil es uns einen Blick in den Umfang der wissenschaftlichen Studien Wielands auf theologischem Gebiete thun lässt. Er zitiert darin Irenaeus, Augustin, Bernhard, Bonaventura, Luther, Brenz, Hutter, Craemer, Gerhard, und zwar mit so genauer Angabe der Ausgaben und der Seitenzahlen, dass er sie selbst gelesen haben muss, wie er ja auch Pat. S. 10 ausdrücklich erklärt: „Nec aliorum excerptis hîc tumeo, ipsus excerpsi, nec alienis oculis videam, alterius auribus audiam." Der Stil ist einfach und frei von gröberen Fehlern. Von den beiden deutschen geistlichen Liedern wird später noch die Rede sein. Hier sei nur bemerkt, dass die Anfangsbuchstaben der einzelnen Strophen bei dem ersten akrostichisch ‚Wieland', bei dem zweiten ‚Anna M(aria) W.' ergeben.

16. Geistliches Wolleben / In Andächtigen Gebeten / Allein aufs den Worten defs Lebens vnnd Heylbrunnen Israels / für verfolgte Christen / auch die / so vmb der allein seligmachenden Religion / in höchsten Sorgen stehen / Durch Joan Sebastian Wieland / P. C. Pfarrern zu Ilfsfeld / im Lands Würtemberg. Prov. 15. 15. Guter Muth ist ein täglich Wolleben. Gedruckt zu Nürnberg / in Verlegung Wolffgang Endters. M. DC. XXX. 12. 116 S. 3 S. Register. (Königl. Bibl. zu Stuttgart).

Das Geistliche Wolleben ist dem Nürnberger Handelsmann Johann Jaquet gewidmet, der sich durch freundliche Aufnahme der aus ihrer Heimat vertriebenen Protestanten damals hervortat (Widmung S. 1—14). Es enthält 32 Gebete. Weiteres Interesse hat das Buch nicht für uns.

**) Vrgl. Höpfner Reformbestrebungen S. 18 u. 43; Goedeke § 144, 17

17. **Der Held Von Mitternacht:** Das ist / Der Aller durchleuchtigste / Grofsmächtigste / Fürst vnd Herr / Herr GUSTAVUS ADOLPHUS, Von Gottes Gnaden / der Schweden / Gothen vnd Wenden König / Grofs-Fürst in Finnland / Hertzog zu Ehesten vnd Carelen / Herr zu Ingermanland etc. Ein Glorwürdigster Erhalter der Evangelischen Religion / vnd ein Heldenmüthiger Widerbringer der Teutschen Freyheit / Welcher In der Blutigen Schlacht bey Lützen / zwo Meyl Wegs von Leipzig / den 6. Novembris An. 1632. Sein Königliches Blut vergossen / Leib vnd Leben zugesetzt / vnd seine H. Seel vnserm Herren JEsu Christo auffgeopfert hat / aller-Christlichst-hochseeligster Gedächtnifs. Mit newen Teutschen Versen / nach Art der Frantzösischen / zur vnderthänigster Ehrentbietung / schuldigster Danckbarkeit / vnd Ewigem Angedencken / Beschrieben / Durch Joan-Sebastianum Wielandum, M. et P. Coronatum. Mit der Königl: Cron Schweden Privilegio, Gnad vnd Freyheit. Gedruckt zu Heylbronn / bey Christoff Krausen. Anno 1633. 4. Zwei Bogen, Signatur)(-)( )(iiij und 58 S. am Schluss noch eine Seite mit freier lat. Uebersetzung einer Stelle aus Homers Ilias XV (genauer XV 484—499). (Tüb. Univ.-Bibl. Fo. XII* 586ª.)

Das Vorwort enthält ein Elegidion Consolatorium an Königin Christine, ein lat. hexametrisches Glückwunschgedicht an Oxenstierna über dessen Ankunft in Heilbronn, eine deutsche prosaische Widmung an Nicodemus von Ahausen, ein Elegidion an Friedrich Stegemann und endlich ein Verzeichnis der ‚fürnembsten Authores, so zu diesem Werck gelesen / vnd gebraucht' worden sind. Darunter ist interessant ‚Caspari Entis Postreuter' Goedeke schreibt dies Werk dem Georg Rollenhagen (jedoch als unsicher) zu § 164, 1. II 510.

Der Inhalt des Helden von Mitternacht ist die mit schon allerhand sagenhaften Zügen vermischte Geschichte Gustav Adolfs von seiner Geburt bis zu seinem Tode. Dazwischen sind sehr umfangreiche Lieder, meist Psalmenparaphrasen, und Betrachtungen eingeschoben, welche die eigentliche Erzählung überwuchern. Wieland zeigt zum epischen Dichter keine Spur von Talent; er kann kaum eine Strophe lang einfach erzählen; die Thaten Gustavs sind immer nur Belege für vorher genannte Tugenden. Der hohe, pathetische Ton, den Wieland hier, ganz im Gegensatz zu der ungezwungenen, oft derben Ausdrucksweise in Urach, anwendet, vermehrt nur den Eindruck der Langeweile, den das Gedicht macht. Auch viel gelehrter Kram kommt vor; besonders stark in dieser Beziehung ist S. 48, 49, wo er Gustav Adolf nicht besser zu rühmen weiss, als dass er die Namen von 54 Helden aufzählt, denen allen der Schwedenkönig gleich gewesen sei, bez. die er alle übertroffen habe. Dagegen ist der Stil ungleich besser als in Urach und im Versbau schliesst er sich im ganzen völlig an Opitz an. — Am 31. Oktober 1633 schickte Bernegger ein Exemplar an Freinsheim (Reifferscheidt a. o. O. S. 858: „Habes hic Wilaudicum carmen, quo genere scio te valde delectari. Legimus nuper in mensa quoddam huius commatis a te profectum et suaviter risimus.")

Der Held von Mitternacht ist Wielands letztes Werk. Der besseren Uebersichtlichkeit halber stelle ich sämmtliche Schriften noch einmal kurz zusammen:

1) Horologium (1618).
2) Tibicines Irridentes (Januar 1619).
3) Melissa (1619?).
4) Amor Mundi (1619).
5) Amethystus (1619/20).
6) Apes (Jahr?).
7) Elegiarum Liber (1624).
8) Cultus Amarus (1625).
9) Urach (1626).
10) Ein Teutsch Poetisch Newes Kunst-Stückle (1626).
11) De Patientia Liber (1626).
12) Euphemia (Jahr?).
13) Apobaterion (1627).
14) Sortilegia Lycophrontica (1627).
15) Sterbstündlein (1628).
16) Geistliches Wlleben (1630).
17) Der Held von Mitternacht (1633).

Ob diese Liste vollständig ist, lässt sich zwar nicht mit Sicherheit entscheiden, doch spricht dafür der Umstand, dass Wieland, der gern auf frühere Schriften zu verweisen pflegt, andre ausser den angeführten nicht erwähnt. Dann ist es nötig, entweder die Apes oder die Euphemia oder auch beide vor 1619 zu setzen, da Wieland bereits in diesem Jahre als Poeta Laureatus erscheint, er sich also schon vorher als Dichter hervorgethan haben muss. Von seiner Dichterkrönung redet er bestimmter nur an drei Stellen:

Ap. 2, 16: „In vobis (sc. Alpibus) etenim vario metra millia nisu
Non sine divino contactu, non sine Laude
Scripsi, et promerui Laurum, quâ audentior ivi."

Ap. 27, 20: „Hoc ego me vatem et me tam praestabo ministrum,
Ut vos paeniteat nunquam nostri, et bene Laurum
Promeruisse sacram me sedulitate Patroni
Dicatis."

El. XV, S. 50: Caesare Matthiâ, Romani praestite coeli,
Aoniae laurûs magna brabea tuli,
Alpinos inter dum mysta volumina Patrum
Volvere sanorum (sacrorum) cura secunda
mea est.
Dein ego nonnullos in commoda nostra libellos
Scribo qui faciunt pro pietate sacrâ,
Dans etiam fluidis privatas versibus horas,
Consumo tali sedulitate dies."

Die dritte Stelle ist so, wie sie hier steht, unklar. Das mysta (Z. 3) kann nur Nom. Sgl. sein (mysta: der Priester), was nicht in die Konstruktion passt; und rechtfertigte man es auch durch Annahme eines Germanismus, was haben denn die Bände der Kirchenväter mit dem Dichterlorbeer zu thun? Ich setze daher nach ‚tuli' (Z. 2) Semikolon, nach ‚mysta' Komma; für den Satz mit ‚dum' ist dann sum zu ergänzen*), und es ergiebt sich ein verständlicher Sinn.

---
*) Beispiele für Auslassung des Verbum Subst. in Nebensätzen:
T. I. A 3ᵃ: Crede nec illa tibi non intellecta, Photini
Ut stabilita novis fera dogmata disciplinis (sc. sunt, dogmata nicht etwa Acc.).

Demnach ist also Wieland infolge lateinischer Gedichte und auf Veranlassung seines Gönners gekrönt worden. Jedenfalls ist der krönende und Gönner in einer Person vereinigt und Sebastian Hornmold gewesen, den Wieland Am. A2 (1619) Comes Palatinus Caesareus und Patronus Singularis nennt.

Wielands schriftstellerische Thätigkeit lässt sich in zwei Perioden teilen. Die eine geht bis 1620, die andre von 1624—33. Diese Scheidung ist nicht blos durch die Ruhepause von 1620—24,*) sondern dadurch begründet, dass sich J. Sebastian Wieland von der lateinischen Poesie ab- und der deutschen zuwendete. Zwar erschienen auch zwischen 1624 und 1633 noch lateinische Schriften von ihm, allein diese machen den Eindruck, als hätte er sich zu ihrer Veröffentlichung nur deshalb entschlossen, um die Ansprüche, die seine Gönner an ihn stellten, zu befriedigen. So sind die Elegieen hauptsächlich eine Sammlung von Briefen und früheren Gedichten; der Cultus amarus ist wohl spätestens 1622 gedichtet (vrgl. S. 24); De Patientia Liber vom Jahre 1626 ist, wie wir gesehen haben (vrgl. S. 28), 1615 od. 16 geschrieben; die Sortilegia Lycophrontica von 1627 bringen aus allen Zeiten zusammengetragenes, wenn auch manches neue dabei ist: auf S. 21, 22, 23, 24, 25 finden sich Anagramme, welche schon im Cultus amarus vorkommen, S. 27 Ad. J. Bapt. Hebenstreittum ist 1618 od. 19 bereits gedichtet, indem es über den Comet von 1618 handelt; das Anagramm ‚Ni Ardens Noah‘ (= Johannes Arnd) stammt höchstens aus dem Jahre 1621, dem Todesjahre Arnds, und so fort in vielen nachweisbaren Fällen. Was zuletzt das an das Consistorium Ecclesiasticum Stuccardianum gerichtete Apoba-

---

Ap. 18, 3:   Pignora nostra ...
          Officium semper, quâ pectora serva (sc. sunt), paratum
          Praestabunt vobis.
T. J. A 3ᵇ: quâ (= sapientiâ) possint doctos praecellere multos?
          Quippe quia (hoc credo) veri defecta lepore (sc. est),
          Proculcata meris aegrotat factio nugis.

*) Die seltsam lange Pause, für die mir eine sichere Erklärung fehlt, könnte vielleicht doch aus dem in der Melissa ausgesprochenen Vorsatze herrühren, nicht mehr zu dichten (vrgl. S. 19), so dass die Melissa erst nach den Amethystus zu setzen wäre.

terion betrifft, so ist zu bedenken, dass die lateinische Sprache ihm doch immer noch als notwendig für den Verkehr mit Vorgesetzten galt.

Ueber seinen Vorsatz, die deutsche Sprache fortan zu pflegen, redet Wieland Ur. 45, 6:

„Die Teutsche Sprach hat Lob / zu derer sich versamlen
Ist dem Teutschen besser / dann in frembder Sprach stamlen.
Es must dem Teutschen Mann ja ein grosse Schand seyn /
Wann alles in jhr Sprach andre wusten allein."

und noch deutlicher H. v. M. Vorrede)( )(iij in der Elegie an D. Friedrich Stegemann:

„Nostra etenim nobis Germanica lingua colenda;
Sic exculta, novo plus valitura modo est.
Asperitatis enim non est illius, ut nunquam
Leniri nequeat, quomodocunque velis.
Maluerim, credas, Graecum Latiumque poema
Condere, Teutonicos ac ego versiculos.
Scilicet hocce modo. Nam qui vulgariter illos
Rythmos, queis hominum pars fuit usa, creant;
Sint docti, tamen à vulgo discrimine vili
Distant. Namque illos scribere quisque potest.
Hos non."

Freilich ist diese letzte Behauptung, dass lateinisch jeder Gebildete dichten könne, nicht in ihrer ganzen Schroffheit, wogegen ja schon das ‚vulgariter' spricht, für Wieland in Anspruch zu nehmen. Vielmehr spricht er es schon für seine erste Periode an verschiedenen Orten mit voller Ueberzeugung aus, dass man zum Dichter — und damals war er ja nur lateinischer — geboren sein müsse, dass er ‚divinos adflatus' zum dichterischen Schaffen bedürfe, dass ihn die Schönheit der Alpenwelt dazu begeistre. Ich führe die bezeichnendsten Stellen an:

Ap. 25, 2: „Ipsemet illisdem (in Alpibus) non caecus ductus amore
Bisseptem vates consumens circiter Annos
Flaminis aetherii spiramina plurima sensi,
Queis permotus ego volgavi carmina plura."

und Ap. 11, 24: „
— — norunt, diâ quod non sine mente Poeta
Nascatur, semper sacris adflatibus adstans."

Diese ideale Auffassung der Dichtkunst unterscheidet Wieland vorteilhaft von vielen seiner Zeitgenossen, welche das ‚versus scribere quisque potest' auf das Dichten überhaupt ausdehnten. Natürlich kamen zu der Freude, die ihm die Ausübung der Poesie als solche gewährte, noch andre Umstände hinzu, welche ihn zum Dichten veranlassten, so das Bedürfnis, Anerkennung zu finden (vrgl. El. S. 2); auch der materielle Erfolg, den ihm Geschenke hochgestellter Gönner für ihnen zugesandte Exemplare seiner Schriften, vielleicht auch ein geringes buchhändlerisches Honorar verschafften, ermutigte ihn zu weiterem Schaffen. Denn namentlich in Kohlstetten war seine Lage ohne solche kleine Nebeneinnahmen eine sehr ärmliche, wie er Ap. 31, Dist. 7 offen bekennt:

„Si non interdum meditarer carmen, in auras
Edere, vel dextrâ scribere perdiderim,*)
Ante oculos si non Patientia semper adesset
Scripta typis, mihi nec forte levamen erit."

Mehrmals erhielt er so vom Herzog Johann Friedrich Geschenke, vrgl. z. B. Ur. 19, 7:

„Drumb hab der Thewer Fürst/der Gottsforcht ein recht
Fürbild
Defs Friedens ein Spiegel / welchs Lob die gantz Welt
erfült
Herr Johann Friderich von mir Ewigen Danck/
Der für ein Carmen mir / welchs kurtz / drey Taler
schanck (!)."

Unter diesem ‚kurtzen Carmen' ist wohl El. V (Acidulae Alpinae) zu verstehen, vrgl. S. L. 57:

„Qualiter ad Comitum latera ad latera ipsa Baronum
Nuperius panem carpere dignus eram.
Qualiter et placui Charitino Principe coram
Alpinas acidas carmine propter aquas."

Auch für ‚Urach' erhielt er eine Belohnung vom Herzog

---
*) Seltsame Nebeneinanderstellung des Irrealis und Potentialis.

nach Ap. 6, 14 ff. Seinem Gevatter, dem Dr. Ernst Langjahr, macht er El. XIX. Vorwürfe, dass er ihm für die zugesandten ‚tragemata' (Naschwerk, vielleicht auf die Euphemia zu beziehen) Geld geschickt habe.

Was Wielands Stellung zu seinen Zeitgenossen betrifft, so ist folgendes zu sagen. Von Dichtern stand er in persönlichem freundschaftlichem Verkehr besonders mit Johann Valentin Andreae, der ihn in der S. 14 angeführten Stelle aus seiner Vita unter die auserlesenen seiner intimeren Freunde rechnet; dann mit Sebastian Hornmold, württembergischem Rate und gekröntem Poeten (vrgl. S. 20 u. 35). Weiter ist zu erwähnen der ebenfalls gekrönte Dichter Conrad Cellarius, dem nach Mel. A8 ausser den bei Goedeke § 113, 239 erwähnten Primitiae poematum 1609 eine Recens decas poematum (um 1619) zugeschrieben werden muss. Ferner gehörten zu Wielands vertrautesten Freunden der Geograph und Dichter Johann Oettinger (Goed. § 144, 17; — S. 31), der Poet Laurentius Frisaeus (Goed. § 187, 7), welcher Pfarrer zu Dettingen bei Urach war, Johann Baptismus Hebenstreitt (S. 21) und Johann Henisius, beide gekrönte Dichter. Auch mit dem Tübinger Professor Friedrich Hermann Flayder, der als lateinischer Dramatiker bekannt ist (Allg. D. Biogr. 7, 106), scheint er verkehrt zu haben. Dem Johann Martin Rauscher, 1616—55 Prof. Ph. et Lingu. in Tübingen, schickte er mehrere seiner Gedichte im Manuskript zu, um sie zu rezensieren und die Besorgung der Ausgabe zu übernehmen nach El. S. 69, wo wir zugleich die Höhe der Auflage des Elegiarum Liber erfahren:

„Daedale olorini Rauschere melismatis, Alpe
   Haec veniunt crassâ carmina missa tibi,
Nescio, fors sacro contactu agitata volare
   Per volgum cupiunt cognita facta typis
Exemplis centum et antiquo schemate".

Von auswärtigen Dichtern stand er in freundschaftlicher Beziehung mit dem berühmten Janus Gruter, der ihn vielleicht während seines Aufenthaltes in Bretten 1621 und wiederum 1624 (vrgl. Reifferscheidt a. o. O. 86, 30 u. 148, 46) kennen gelernt hatte. Ein rühmendes Epigramm von ihm auf Wieland findet sich auf dem Titelblatte des Elegiarum Liber:

„Judice me, Laurum potis est petere atque mereri,
 Quisquis amat Musas, Pallada quisquis amat.
Nedum quem celebrat genialis gratia morum,
 Vitaque non ullis obsequiosa malis.
Horum in te cinnus quoniam, Wielande, quiescit,
 Lauro auroque, omni iudice, dignus abis".

Durch mündlichen und schriftlichen Gedankenaustausch mit diesen und andren unbedeutenderen Dichtern erhielt Wielands äusserlich so einförmiges Leben erst den rechten Reiz; in der Beschäftigung mit der Poesie erholte er sich von dem Verdrusse des Tages und überwand die Mutlosigkeit, die ihn oft überkommen wollte, wenn er den geringen Erfolg seiner Amtswirksamkeit betrachtete.*) Er war seiner äusseren Stellung nach einer der geringsten unter diesen Dichtern, von denen viele wichtige und einflussreiche Aemter bekleideten, zumal so lange er Pfarrer in Kohlstetten war, ein Amt, das viele fast als eine Strafe ansahen;**) aber doch wusste er sich einen geachteten Platz unter ihnen zu erringen, und nicht nur unter ihnen. Auch Männer, die nicht selbst die Dichtkunst ausübten, hielten ihn hoch und schlossen sich an ihn an; so Christophorus Besold, der ihn zur Abfassung von Urach bewog, und Thomas Lansius, beide Tübinger Professoren, Johann Conrad Brotbeck, Kammersekretär in Stuttgart, Heinrich Hiller, geheimer Rat ebendort, der Giessner Professor Balthasar Mentzer, Dr. Conrad Dietrich in Ulm (Ap. 5, 27).

---

*) El. XVII Sic illiscum (den Alpenbewohnern) omnem si vellem
 perdere curam,
Illiscum amisso tempore vanus ero.
Sarcire amissi dispendia temporis est mi
Curae deque die demere particulam.
Dum ergo domi me contineo, Parrhesia prodens
Involvit sese hos ingenua in numeros.

**) Ap. 24, 20: Ludibrium at valeat: quis scit quid fecerit ille
 Quod super hac rigidā et tam durā cogitur Alpe
 Vivere?

Die geachtete Stellung unter seinen Zeitgenossen verdankte Wieland wohl ausschliesslich seinen lateinischen Werken; wenigstens datieren die Freundschaften, die ich hier aufgezählt habe, alle aus seiner lateinischen Periode. Dies erklärt sich wohl hauptsächlich aus der Belesenheit und philologischen Gelehrsamkeit, welche uns hier entgegentritt und welche damals besonders imponierte. In seinem Wort- und Phrasenschatz ist ausser Ovid, Vergil und Horaz, welchen er in Aneignung vieler Wendungen vor andern bevorzugt, besonders Plautus, Catull, Juvenal und Persius, auch Martial, vertreten. Grosse Einwirkung hat sodann das Studium der Kirchenväter auf ihn ausgeübt. Daneben las er die Schriften der Neulateiner, insbesondre natürlich seiner Freunde, mit grossem Eifer und vieler Gründlichkeit, so dass er selbst zur Uebernahme von Fehlern veranlasst wurde.*) Das mannigfaltige und bunt zusammengewürfelte seines Wortvorrats werden zum Teil schon die mitgeteilten Proben gezeigt haben. Einen einzelnen Dichter hat er sich nicht zum Vorbild genommen, weder einen klassischen, noch einen Neulateiner, wie ich nach Vergleichung mit den in betracht kommenden, wie Janus Gruter, Daniel Heinsius, Hugo Grotius, Nicodemus Frischlin, Sebastian Hornmold, behaupten kann. Vielmehr ist seine Poesie eine selbständige, ausgegangen jedenfalls von den Schulübungen, ausgebildet durch fortgesetzte Beschäftigung damit, vielseitige Lektüre und eine gewisse natürliche Anlage. Doch ist diese Anlage eine wesentlich beschränkte. Hohen Schwung der Gedanken suchen wir vergebens bei Wieland, dagegen besitzt er einen für alles, auch das seinem Stande fernliegende, empfänglichen Sinn, einen praktischen Blick, einen gewissen humoristischen Zug und die Gabe einer lebendigen Darstellung, Eigenschaften, die ihn besonders zum Satiriker

---

*) Charakteristisch in dieser Beziehung ist El. V, S. 23:
    Flumina Blandusii, docte Catulle, tui.
Es ist wohl ohne Zweifel, dass diese Verwechslung des Catull mit Horaz aus dem Gedicht des Seb. Hornmold De fonte Caeciliano stammt (Del. Poet. Germ. III 566); hier heisst es:
    Nobilior pol Blandusio fons fonte, Veronae
    Quem vates tantis laudibus ille tulit.

befähigten. Andrerseits fehlt ihm die Kunst des Massbaltens, indem er einmal aufgegriffene Gedanken oft zu weit verfolgt, überhaupt das Verständnis für innere Harmonie und der rechte Schönheitssinn. Störend wirkt für uns das Auftreten von Gelehrsamkeit an ungehörigen Stellen, das Hereinziehen klassischer Namen, Vergleiche und Anschauungen, die für den ganz der Gegenwart entnommenen Stoff nicht passen.

Sein mangelnder Schönheitssinn zeigt sich auch in der Form. Besonders was den Bau des Pentameters betrifft, lässt er sich sehr gehen, obwohl sein besseres Können gerade durch die frühen Elegieen, die sich als Widmungsgedichte zu den Satiren finden, bewiesen wird. In dem Elegiarum Liber kommen fünf Fälle vor, wo die Caesur des Pentameters in die Mitte eines Wortes fällt, das nicht ein leicht auflösbares Compositum ist, z. B. El. II S. 8:

Fiamque humore ipso madido uvidior.

(ausserdem El. VI S. 25 u. 26, El. XVI S. 54, El. ad Besoldum S. 66; es sind die Worte ‚sus/piria‘ ‚ig/nobili‘ ‚tenta/tur‘ ‚dis/crimina‘). In den Sortilegia kommen zwei solche Versungeheuer vor (S. 44 cal/care, S. 59 o/soribus), eins Ap. 30 (in/gentia) und C. A. 13 (atten/tat). Der noch zulässigen Fälle, wo die Caesur ein Compositum trennt, sind unzählige. Ferner gehört die Elision von andern Vokalen als ‚e‘ und ‚i‘, ja selbst von langen, in der zweiten Hälfte des Pentameters bei ihm zur Regel. Verkürzung langer Vokale findet sich mehrmals, ziemlich häufig ist der konsonantische Gebrauch von i und u vocalis. Die Hexameter sind im ganzen besser gebaut, doch gestattet sich Wieland auch hier viele Nachlässigkeiten.

Weit wichtiger aber als diese lateinische Verstechnik Wielands ist die Frage, welche Stellung ihm auf grund seiner deutschen Verskunst gebührt, zunächst ob, bezüglich inwieweit er als erster Vertreter der neuen von M. Opitz formulierten Kunstlehre in Württemberg gelten darf. Bekanntlich erschien das Buch von der deutschen Poeterei 1624, Wielands erstes deutsches Gedicht ‚Urach‘ 1626. Es wäre demnach Zeit genug vorhanden gewesen, das Büchlein des M. Opitz kennen zu lernen, und es wäre zu vermuten, dass unser Dichter, wenn er sich mit Bewusstsein an Opitz hätte anschliessen wollen, bei der Klarheit, Einfachheit und Verständlichkeit der von diesem aufgestellten Regeln im ganzen und grossen, trotz vielleicht einiger Fehler im einzelnen, wie es bei einem ersten Versuch kaum anders zu erwarten ist, diesen Anschluss erreicht hätte.

Und in der That ist M. Opitz's Buch Wieland vor der Herausgabe seines ‚Urach' bekannt geworden. Hören wir darüber seine eigenen Worte aus der Vorrede zu H. v. M.)( )(f.: „Darnach hab ich vor etlich vielen Jahren/auff beschehene auffmunderung Herrn D. Christoph Besoldi, weit berühmbtisten Professoris utriusque Juris zu Tübingen/ein Prob von dieser Art der Teutschen Versen/mit Beschreibung der Statt Vrach/ aber nicht allerdings nach genügen deren dieser Poesien verständigen am ersten in diesem Lande/ohn einigen manuductorem vnd mündtlichem Vnderweysern zwar gethon (daß ob zwar deß fürtrefflichen Martini Opitzij Arbeit/ich zur Hand bekommen/hab ich den Handgriff nicht gleich ersehen) damit ich aber dafür geachtet werde/der Sachen besser nachgedacht zu haben/ist diser aller thewriste Held/mit disen Versen von mir beschrieben / daß nunmehr verhoffentlich bey den billichen Lesern ich entschuldiget seyn werde."

Ein andermal wird Opitz von Wieland erwähnt Ur. 45, 6 f.:

„Die Teutsche Sprach hat Lob / zu derer sich versamlen
Ist dem Teutschen besser / dann in frembder Sprach
                stamlen.
Es must dem Teutschen Mann ja ein grosse Schand seyn /
Wann alles in jhr Sprach andre wusten allein.
Martin Opitius oftentlich das beweisen
Mit seinen Versen thut mit sonderlichem Preise
 Dem ich / wanns nicht zugring / mein Lorberkrantz
             gern gib
 Der Teutschen Sprach zu gut / zu fernerem antrib."

Mit diesen Versen scheint mir Wieland auf die 1624 von Zinkgref besorgte Ausgabe namentlich Opitzescher Gedichte hinzuweisen; die beiden ersten der angeführten Alexandriner leiten sich meines Erachtens aus Zinkgrefs Widmung an Eberhard von

Rappoltstein her, wo es heisst*): „... Und zwar an der Muttersprach in dem, daſs sie lieber in frembden Sprachen stamlen, als in deren, welche jhnen angeboren, zu vollkommener Wohlredenheit gelangen...."

Nach diesen beiden Stellen hätte also Wieland sowohl die Theorie des M. Opitz wie ihre praktische Anwendung wenn nicht vor, so doch während der Abfassung seines Gedichtes kennen gelernt. Wir wollen nun sehen, wie es mit dem Versbau in Urach bestellt ist.

Die Verse, in denen Urach geschrieben ist, sollen Alexandriner sein; dies geht hervor aus der Bezeichnung im Titel ‚newe / noch nicht fast jedermeniglichen Bekandte Teutsche Verse' und der angeführten Stelle aus dem Helden von Mitternacht ‚ein Prob von dieser Art der Teutschen Versen'. Je vier Alexandriner sind zu einer Strophe vereinigt in dem Schema ‚a a b b', was äusserlich durch Einrücken der beiden letzten gekennzeichnet wird. Die zwei ersten Verse einer Strophe haben je 13, die zwei letzten je 12 Silben. Diese Silbenzahl ist mit peinlicher Genauigkeit eingehalten und auf ihre Herstellung beziehen sich fast sämtliche Verbesserungen in den Errata.**) Die sechste Silbe des Verses fällt mit nur drei Ausnahmen***)

---

*) In dem Exemplar der Leipz. Univ. - Bibl. fehlt diese Vorrede. Ich zitiere nach Gödeke III 3.

**) Es sind im ganzen nur 19 Fälle, wo wir falsche Silbenzahl in einem der beiden Alexandriner finden (nie zugleich in beiden); die Verbesserungen liegen in allen auf der Hand. — Einmal, S. 8, folgen vier Dreizehnsilbler aufeinander, aber ohne dass die letzten zwei eingerückt sind. Die beiden Zwölfsilbler, die wir vermissen, sind offenbar nur durch ein Versehen weggefallen,

***) Diese drei Ausnahmen bilden die Verse 8 v. 7, 14 v. 1, 32 v. 34. Die erste Stelle ist in Hinsicht auf die Caesur erst durch flüchtige Korrektur verderbt, indem sie ursprünglich fälschlich 13 Silben hatte, von denen Wieland einfach eine wegkorrigierte, wobei er die nun fehlerhafte Caesur übersah:

    urspr.: Vrani groſs Eni / Vrana groſs Ana heiſst
    korrig.: Vran groſs Eni / Vrana groſs Ana heiſst.
14 v. 1 lautet: Auch der Baumschatten nachfolgt ein Tapffer Mannschafft.
32 v. 34 „ „ : Sich mehren wie der versteht / so Witz hat im Hirn.

stets mit einem Wortende zusammen, eine Thatsache, die bei einem so langen Gedichte (1938 Verse) unmöglich als blosser Zufall erklärt werden kann.

Es steht also so viel fest: Wieland wusste, dass es Alexandriner zu 12 und zu 13 Silben gäbe, dass die gleichlangen mit einander reimen müssten, dass die Ordnung ‚a a b b' gebräuchlich wäre und zwar so, dass man die Dreizehnsilbler gewöhnlich vorrausschickte, dass endlich jeder Alexandriner nach der sechsten Silbe einen Abschnitt haben müsste.

Ich lasse nun zunächst die zwei ersten Seiten des Gedichtes mit den in den Errata angegebenen Verbesserungen folgen;

TEutschlandt war vor Zeiten nicht so statlich erbawen
Wie jetzund / Gott gedanckt / es mit Rhum ist zu schawen /
 Die Alte Teutschen zwar waren Tapffer Gemüehts /
 Auffrecht / Warhafft / ohn Falsch / Fromb / Redlichen
          Geblüeths /
Sie hatten keine Stätt / sondern hätten bewohnet
Aufs Näst von den Bäumen / dörfften nicht viel belohnen
 Auff köstliche Palläst: Es war von vier Pfählen
 Oder mehr auffgericht / ein Stroh Hütt ohn fehlen.
Kein Wehr / kein Waffen nicht / kein Rofs bey jhn zu-
        finden /
 Mit Bogen / mit jagen / ernehrten sich / Weib / Kinder /
 Ihr Speifs ward das Feldkraut / die Fäll waren jhr Kleid /
 Das Erdreich jhr Kammer / das war vielmehr jhr Frewd
Dann obligen dem Feld / den Aeckern seyn ergeben /
Viel auff Häuser wenden / mit Forcht / mit Sorg jhr Leben
 Zubringen / so jhr Gut jhnen zubekriegen /
 Sie liessen sich gar schlecht an wenigem gnücgen.
Ob auch etwan waren / die da hetten Häuser gut
Mit Wänden / mit Tächern / von einander gsetzt / aufs
          Muth
 Angeborner Freyheit / dafs keiner kund schwächen
 Dem andern sein Freyheit / so warens doch schlechte.
Wann sie mit jhrer Stärck hatten grofs Stätt bezwungen /
So hatten sie doch sich zu bwohnen nicht getrungen

Daſs sie nicht dårfften seyn / wider jhr Alt Freyheit
Wie das Gwild in dem Wald durchs Garn eingspannt /
mit Layd.
Das that den Römern Zorn / ja den Bezwingern der Wellt /
Den Teutschen gar vngleich / mit Stärck / mit Macht: doch
mit Gelt
Mit List / es die Römer angriffen betrüglich
Hatten Teutsch mit Teutschen gwonnen boſshaftiglich.
(S. 6) Es hatten die Römer auch noch viel seltzame Weg
Die Teutschen zuzwingen gschwitzt auff viel seltzam
Anschläg /
Daſs sie doch jhren Fuſs mochten in das Teutschland
Setzen / in ein Landschafft bringen mit Lob / ohn Schand.
Das ist / jhnen setzen Praesidenten / jhr Gwohnheit /
Entziehen jhr alt Recht / wegnemmen jhr Grechtigkeit*) /
Zoll / anders Einkommen jhnen auffzuoträchen /
Dieses zuerhalten sie mächtig zuschwächen.
Ob wol die Teutschen gut sich tappfer thäten wöhren
Ein Landschafft zumachen offt den Römern erwehren /
Die gsetzte Praesides von jhnen aufsstossen
Mit tappfern Helden Muth mit rhümlicher massen.
Wie dann die Römer offt den Frieden han erkauffet
Von den Edlen Teutschen / denen offt nachgelauffen /
Daſs die Römer am Rhein / an der Thonaw lebten /
Jedoch wa die Römer s Winter Läger hetten /
Hatten sie Stätt bawet. So die Teutschen erwaichet
Endtlich jhr härtigkeit / daſs sie mit jhnen laichten.
Dannher ist es kommen / daſs die Stätt gebawen
Seynd / in vnserm Teutschland / wie jetzund zuschawen.
Also ist jetzt Teutschland allenthalben gantz mächtig
Von Frucht / von Wein / von Waid / von Vich / von
Wasser prächtig /
Von Steinen / Metallen / von anderm gut darzu
Reich / führet Spanien / Welschland viel Läst Frucht zu.
Eh ward die newe Welt / durch Columbum erfunden
Hat Franckreich / Spanien / das Welschland wol empfunden

---

*) Im Texte wie in den Errata steht beide mal „Gerechtigkeit".

Daſs jhnen das Teutschland alles Silber zugsand:
Darumb danckbar sie noch sollen seyn dem Teutschland.
Es ist auch gantz Volckreich / viel Völcker von jhm kommen /
Eh die Stern du zehlest / eh du der Teutschen Summam.
Doch würdt darfür gbalten / daſs es in seiner Schoſs
Zweymal Hundert Tausent ins Feld / in jhm noch groſs.
Heutigs Tags an der Zahl / am Glantz der Stätt es obligt
Andren viel Landschafften / wenn man solches recht erwigt.
In welchem Teutschenland Würtemberg gepriesen /
Ein Hertzogthumb gar gut / wies langst ist erwisen.*)

Selbst ein flüchtiges Lesen der angeführten Strophen zeigt folgendes: 1) Bei gewöhnlicher Betonung (ich verstehe darunter die in der Prosa übliche) ergiebt sich meist kein jambischer Rythmus; 2) die sechste Silbe hat oft nicht den Wortaccent; 3) öfters tritt der assonierende Reim auf; 4) oft scheint in den Dreizehnsilblern auch männlicher, umgekehrt in den Zwölfsilbern auch weiblicher (bez. assonierender) Reim vorzukommen; 5) bisweilen ist Vernachlässigung der gewöhnlichen Betonung nötig, um einen Reim zu erhalten.

Punkt vier könnte für sich allein zu der Vermutung Anlass geben, dass Wieland die Dreizehn-, wie die Zwölfsilbler ohne Unterschied bald stumpf, bald klingend reimte; das würde aber nur dann möglich gewesen sein, wenn er keine Ahnung von dem Grunde der verschiedenen Silbenzahl gehabt hätte und auch geistig beschränkt genug gewesen wäre, sich nicht einmal danach zu erkundigen, was beides unglaublich, ja absurd ist.

Es bleibt nur eine Erklärung übrig: Johann Sebastian Wieland baute seine Verse nach dem Prinzip der Silbenzählung,**) statuierte also für dieselben jambischen Rhythmus und nahm nicht nur Assonanzen, sondern auch Reime, bei denen nur die in der Senkung stehenden Silben reimen und die ich daher kurz als Senkungsreime bezeichnen will, als Ersatz für den weiblichen Reim an.

---

*) Es fehlen noch zwei Verse von der sechsten Seite.
**) Ich behalte diesen nicht ganz korrekten Ausdruck bei, da er allgemein gebräuchlich ist und sich durch Kürze empfiehlt.

Für diese Erklärung spricht ausser der Durchführung der bestimmten Silbenzahl, 13:13 und 12:12, von vorn herein der Umstand, dass auch die strenge Beobachtung der Caesur eigentlich gar keinen rechten Sinn hätte, wenn Wieland nicht die sechste Silbe prinzipiell als tontragende hätte angesehen wissen wollen. Zu ihrer vollständigen Sicherung aber ist es nötig nachzuweisen, 1) dass der Senkungsreim nicht ein willkürlich ad hoc konstruierter Begriff, sondern eine nicht abzuleugnende Thatsache ist; 2) dass für Wieland die Annahme des Prinzips der Silbenzählung berechtigt ist.

1.
Der Senkungsreim bei Wieland.

Der Senkungsreim findet sich nicht nur bei Wieland, sondern er kommt sehr häufig im Volks-, gar nicht selten auch im Kirchenliede vor und erscheint auch hier als gleichberechtigter Vertreter des weiblichen Reimes neben den Assonanzen. Und zwar ist er hier nicht nur erklärlich, sondern er hat sogar eine gewisse Berechtigung. Das Wesen des Reimes besteht ja, worauf neuerdings R. Hildebrand hingewiesen hat,[*]) in der harmonischen Verbindung von Gleichheit und Ungleichheit, von ‚Reim und Unreim'. Deshalb erscheinen auch die vollständig gleichen, sogen. rührenden, Reime einem gesunden Ohre überhaupt nicht als Reime, oder doch höchstens dann, wenn die fehlende äussere Ungleichheit durch eine innere Verschiedenheit des Sinnes ersetzt wird. Umgekehrt ist es klar, dass ein Reim, bei dem die Ungleichheit die Gleichheit fast zurückdrängt, wie es im Senkungsreime der Fall ist, nur dann zu rechtfertigen ist, wenn irgend ein andres Moment die Gleichheit verstärkt, und das ist im Volks- und Kirchenliede die Melodie, der Gesang, der überhaupt nicht davon zu trennen ist. Noch heute, wo wir fast übertrieben peinlich inbezug auf die Forderung der Reinheit des Reimes geworden sind, empfindet es sicher keiner als unschön und verletzend, wenn z. B. in dem bekannten Liede von Ludwig

---

[*]) R. Hildebrand, Zum Wesen des Reimes etc. Zeitschrift für d. d. Unterricht 5. Jahrg. Heft 9, S. 577 ff.

Helmbold „Nun lasst uns Gott dem Herren' gesungen wird: ‚Wiewohl tödliche Wunden — Sind von der Sünde kommen'; ‚Sein Wort, sein Tauf, sein Nachtmahl — Dient wider allen Unfall'; ‚Erhalt uns in der Wahrheit — Gieb ewigliche Freiheit'.

Bei Wieland selbst findet sich der Senkungsreim einigemal in jenen zwei Liedern des Sterbstündleins; ich benutze die Gelegenheit, um beide Lieder gleich vollständig mitzuteilen.

Ein new Geistlich Lied / Frawen Annæ Mariæ Geborner Saufslerin seiner geliebter getrewer Basen / oder Mutter seeliger Schwester. Als jhro jhr geliebter Haufswirth / Herr Georg Machtolff / der Jünger / Burger zu Brackenheim im Zabergöw/nach aufsgestandner halbjähriger Kranckheit / im Sawerbronne zu Jebenhausen in die 4. Wochen badente / den 24. Julij defs 1626. Jahrs durch den zeitlichen Tod entzogen / nacher Brackenheim sein Leichnam geführet / vnd Freytags nach Mittage den 28. difs. / Christlich zur Erden nach S. Johansen bestähtigt worden.

1.

Wies mein Gott schickt, so nim̃ ichs an / mit Glauben vnd Gedulte :/: Er ist allein der helffen kan / mit Gnaden vnd mit Hulde: Er führt in Noth / nach seinem Rath / vnd züchtiget mit massen: Welchen er liebt / selben er trübt / will seine nicht verlassen.

2.

Ich geh allhie im Jamertbal / vnd ifs mein Brot mit klage :/: Vmbgeben hat mich grofs Trübsal / vnd sih all Tag mein Plage: Mein Hertz bebet / weil es lebet: Dañ Gott mich gmacht defs Jamers vol / es ist mir bang / ich bin auch kranckh / vor trawrn kaum mein Odem hol.

3.

Ein Gott alles Trosts der du bist / Vatter der Barmhertzigkeit :/: In der trawrigen Zeit mich tröst / hilff dafs ich denck die Eitelkeit: dafs alles was lebt wider vergeht: dafs der Gerechten Seelen / in Gottes Hand / aufs defs Todts Band / errett sie niemand quele.

4.

Laſs mir auch den Trost O mein GOtt / daſs mir werd wider geben :/: Was jetzt gnommen der bitter Todt / einmahl im ewigen Leben: Daſs ich von mir / doch mit gebür / weg schlage die Trawrigkeit: Die Seele mein / nach Willem dein / gedultig faſs dir folg allzeit.

5.

Ach Gott der du bist bey denen / die eins zuschlagens Geistes seynd :/: Hilff daſs ichs glaub vnd nicht wöhne: Du gibst Frewdenöl für Layd: Vnd wir wissen / ohn verdriessen / daſs denen die lieben Gott / gwiſs alle Ding groſs oder gring / zum besten dienen in der That.

6.

Nachdem laſs mich dein grosse Gnad / im Hertz erwegen drinnen :/: Vnd dein mir gegebne Woltbat / so ich bin worden innen: Hab ich das Gut mit Frewd vnd Muth / empfangen / daſs ich auchs Böſs annem̃ vnd ich / hoffe gwiſslich / die Mauren zsehen von Jaspis.

7.

Der Herr ist mein Trost vnd mein Hort / Gerecht von grosser Güte :/: Es fält kein Haar sagt mir sein Wort / ohn sein Will von meim Haupte: Alle Gebein / der HErre mein / bewahrt daſs keins zerbrochen werd / vnd was mir gschicht / ers selber sicht / nichts ohn geferd mir widerfehrt.*)

Johan-Sebastianus Wielandus P. L. C.
vnd Pfarrer damahlen zu Kolstetten auff der Alp.

Ein anders.
Von der Christen Hoffarb / eodem Auct.

1.

ACh daſs die Sonn deſs Creutzs
Mit der schwertze deſs Leids /

---

*) Vers 1 u. 7. klingen an an Vers 1 u. 2 des Liedes „Was mein Gott schickt, gescheh allzeit'; trotzdem sind sie ganz originell.

Die Kirchen also färbet!
Sie hats Creutz also g' Erbet /
Von Christo dem Hochzeiter
Gen Himmel der rechten Laiter.

2.

Nun kommet der Sudwind
  Vnd stehet auff der Nordwind
  Vnd webet durch den Garten;
  Da treufft sein Gwürtz ohn warten:
Die Kirche wann sie leidet /
Ihre Tugend sie erzeiget.

3.

Nicht allein der Freund mein /
  Sonder der Kirch ins gemein
  Ist von Farb roth vnd weisse /
  Doch solchs mit sonderm fleisse:
Weis vor Vnschuld als ein Kreide /
Roth vor sehr vilem leiden.

4.

Also der Grechten Seel
  Ob sie gleich nicht ohn fehl /
  Doch ist sie weis vor Tugend /
  Vnd blühet als die Jugend:
Aber Roth ists vor leiden /
Weil sie's Creutz nicht kan meiden.

5.

MARIA selber steht /
  Mit trawriger Geberd
  Vnter dem Creutz jhrs Sohne:
  Niemand in Himmels Throne /
Zu JEsu Christo eingeht
Er zuvor vnter dem Creutz steht.

6.

Weil wir leiden Trübsal /
  In der Welt überal

> Elende hau ohn massen /
> JEsu vns nicht verlasse
> Verleyh vns deins Trostes Oel
> Nim̄ auff zu dir vnser Seel / Amen.

Senkungsreime finden sich im siebenten Verse des ersten und im fünften des zweiten Liedes, dort ‚Güte: Haupte', hier ‚eingeht: vnter dem Creutz steht'.

Wir sind also zweifellos berechtigt, auch in ‚Urach' sicher zunächst alle diejenigen Reime in den ersten Alexandrinern als Senkungsreime anzusehen, in denen die gewöhnliche Betonung aufgegeben werden müsste, wenn man sie nicht als solche anerkennen wollte. Es sind im ganzen 39. Ich führe einige von ihnen vollständig an:

$8,6_1$*) Gebhard Grav zu Vrach ward zu Strafsburg ein Thumbherr
Nachfolgendts zu Hirschaw Münch / bald Prior / im Closter.

$9,2_1$ Könd die grofs Summam Geld den Curfürsten verheissen
Nicht halten / drüber starb / hat zween Söhne verlassen.

$14,1_1$ Da sie kamen hinauff / waren die Garn / die Strick gricht /
Sie liessen die Hund ab / es frewt sich Hertzog Vlrich.

$22,2_1$ Allweg Siben Häuser gebawen vnter ein Dach
Vor dem Oberem Thor auff dem Stattgraben z Vrach.

$31,4_1$ Weil von eim nicht alls kan wegen der Müh Verwaltung
Wol versehen werden auch der Ampts grosser Vogtung.

$37,5_1$ Bistu Jungling nicht der / oder gleichsam das Stänglein
Der oder damit du erlangst das Ehren Ringlein.

$23,1_1$ Nun will ich in die Statt hinein gehen gantz kecklich
In deren auffhalten vmb ichtwas gantz getrost mich.

$38,3_1$ Trewe Vätter der Statt / den Rechts Tag sie am Mitwoch
Alwegen halten thun Recht zusprechen / nach Recht doch.

$39,4_1$ Für die Statt / für das Ampt hat es auch einen Saltzkauff
In eim billichem Werth / dafs einer nicht weit vmblauff.

$41,1_1$ Vom Rathaufs zu Vrach zum Marckt ein schöner Platz steht /
Auff welchem viel nutzen der Statt / den Burgern eingeth.

---

*) Die erste Zahl bezeichnet die Seite, die zweite die Strophe, die dritte die ersten beiden oder die letzten beiden Verse einer Strophe.

48,4₁ Da man an Wein gstrafft wird / das ist wider die Ordnung / Wirdt das straffgelt verzehrt das bringt manche Zerrüttung.
52,5₁ Hertzog von Württemberg hat daselbst einen Amptmann / Den man Keller auch haifst. Er die Vfsgab / die einnam.

Von den übrigen 27 Fällen will ich nur die Reimwörter angeben:

13,5₁ Rofsfeld: all Wäld; 14,9₁ dem gleich: Vlrich; 20,7₁ damit (- mit der): Vnfried; 22,4₁ nicht mehr: theüer; 24,6₁ der alt Herr: Ketzer; 26,3₁ Fleifsiger Mann: bevoran; 26,7₁ Erbtheils: jhrs Heyls; 28,1₁ Sontag: anklag; 29,2₁ u. 3₁ gönnet: gwinnet; 33,7₁ rhümlich: weifslich; 34,2₁ weifslich: löblich; 34,5₁ gestanden: entbunden; 35,4₁ Ruoggricht: Vogtgricht; 35,10₁ zunimpt: abnimpt; 36,3₁ Stände: Freunde; 37,9₁ verleyhen: bemühen; 40,1₁ fleissig: vnmüefsig; 44,4₁ wie einer nur sein Wahr will: wies nicht vnbill; 41,9₁ Weinwachs: der Dachs; 42,3₁ grösser umb etwas: schenckmafs; 46,3₁ zurühmen: schämen; 50,5₁ Schulhaufs: Rathaufs; 51,4₁ anwad: Vorrath; 51,6₁ rhüemlich: sterblich; 52,6₁ Brotbeck: Marckfleck; 55,7₁ Sommer: Hunger.

2.

Das Prinzip der Silbenzählung bei Wieland.

Durch den Nachweis, dass Wieland den Senkungsreim kennt und häufig anwendet, ist das Haupthindernis beseitigt, welches der Annahme des Prinzips der Silbenzählung für ihn entgegenstehen könnte. Es gilt nun noch positive Belege dafür zu bringen, dass er dieses Prinzip in der That angewendet hat. Das aber kann, wenn man die Caesurverhältnisse und die bestimmte Silbenzahl für sich allein nicht als überzeugend ansieht, nur geschehen, indem man zeigt, dass im Reime auch praktisch die Verletzung der Wortbetonung sehr häufig nötig ist. Es kommen also hier diejenigen Reime in Betracht, wo bei normaler Betonung beider Reimglieder weder ein männlicher, noch ein weiblicher, noch ein assonierender, noch ein Senkungsreim zustandekommt: so ist z. B.

9,8₂ „Dafs wer es sach dafs Gott sie zween wurd erlösen
Han sie Münch zuwerden damals Gott verheissen"

nicht beweiskräftig, da man hier ja einen Senkungsreim auch für ein zweites Alexandrinerpaar annehmen könnte.

Die Zahl der wirklich beweisenden Fälle, wo notwendig eines der beiden Reimglieder den Wort- bez. Satzaccent verlieren muss, damit irgend eine Art von Reim erzielt wird, ist so gross — sie beträgt 131 —, dass eine vollständige Anführung zu viel Raum beanspruchen würde. Ich verfahre deshalb so wie bei den Senkungsreimen, dass ich nur einzelne ganz, von den übrigen nur die Reimwörter gebe; ausserdem trenne ich der besseren Uebersicht halber die Beispiele aus den ersten (a) und aus den zweiten (b) Alexandrinern.

a.

$7,5_1$ Von Königlichem Stammen der Teutschen / der Gothier
Dem König hochgeliebt nach rüemlicher Manier.

$8, v. 13 f$ Ein Jägerhorn aufm Helm / darumb der vier Jäger ist
Vrach einer im Reich mit Lob / mit Tugent wolgrüst.

$10,9_1$ Es solt ein andrer euch erwecken aufs ewerm Grab
Mit künstlicher Feder euch bringen an den Mittag.

$13,2_1$ Das Eyſs ist gebrochen von andern / die mehrer Kunst /
Dann dafs ich vergebens auff mich lad manches Vngunst.

$14,3_1$ Das Schwein wolt es rechen ward mit grimmigem Ernst auff
Wolt auff den Fürsten gut / diser stzt es aber drauff

$16,9_1$ In obgedacht Gärten spatzieren schön Jungfräwlein
Manchen schönen Apffel / manch gutte Ber jhr Mündlein.

$20,4_1$ Vor andern Gott die Statt mit gsundem Lufft hat geziert.
Kein grosser Sterbend nicht / Gott Lob / daselbst die Leut
brüert.

$35,3_1$ Doch ist sehr zuwundern / dafs die Alp ist so steinicht /
Doch es viel Früchten gibt / thette*) mans (wie ich bericht)

$40,7_1$ Doch mein klein Engstingen mit dem führet grossen pracht/
Dafs ein Sawer-Bronnen es hat / der gar gesund macht.

$41,8_1$ Auf selbigen Märckten tregts ein der Statt den Weg Zoll /
Die Bawer verkauffen thewer / beym Wein werden voll.

---

*) Im Text steht ‚thet'; es ist das einer der 19 Fälle, wo falsche Silbenzahl vorkommt.

44,4₁ Drumb hat recht hinwider dieser jung Manne durch Gott / Als der Vntervogt ward etwan vber das Jahr Todt.

54,1₁ Daſs so auſs Hitz deſs Zorns / oder deſs Lebens Rettung Ausserthalb dieser Statt / jemand wer der woll begung (= beging).

Ferner 6,1₁ seltzame Weg: Anschläg; 6,2₁ Gwohnheit: Grechtigkeit; 6,9₁ obligt: erwigt (= erwägt); 8,4₁ glaub mir: Thurnier; 8,7₁ Bischoff ward: Gebhard; 10,1₁ selber hab: bevorab; 10,3₁ als da war: zweyhundert sechszig fünfft Jahr; 10,6₁ Vrach: gedacht; 13,3₁ Künstlich: habe sich; 15,7₁ der Sebtbach: ohn ein Schmach; 17,5₁ Es ist einer Statt auch gut: Zuflucht; 17,6₁ abschröcken: erkecken; 19,7₁ Fürbild: erfült; 21,3₁ vrsachen: verachten; 21,5₁ in Egypten Land: anwand; 22,7₁ Wisen für das Vich: rüehmlich; 23,2₁ seinem Gsicht: anficht; 23,10₁ aufsprechen: zurechnen; 24,3₁ Ergötzlichkeit: Arbeit; 24,5₁ O mein Christ: in Noth / in Todt / fürs Feinds List; 24,7₁ Gottseeligkeit: alweil ein Mensch auff Erd geht; 26,1₁ Hoffschrantzen: Tantzen; 26,2₁ gab darmit zu verstahn frey: viel besser sey; 27,8₁ einkommen (Subst.): gnommen; 27,10₁ Evangelium: Reichtumb; 28,2₁ Nachkömling: Frembdling; 28,8₁ auffsicht (Subst.): bericht; 30,6₁ Vrach: geächt; 31,10₁ Thaten: mifsrahten; 32,5₁ ich wolt lieber / ist mir recht: Forstknecht; 33,3₁ herauſs streichen: hinstreichen; 33,5₁ Wörtlein: hinein; 33,6₁ Rath Haufs: herauſs; 33,8₁ weil einen glerten Mann hast: Der dich ... nicht laſst; 34,1₁ Natur: Wilcur; 34,9₁ Vrach: es ist kein Schmach; 35,5₁ Posten: Vnkosten; 35,9₁ Gutthat: empfaht; 36,6₁ Oberkeit: Thorheit; 36,9₁ angenommen: einkommen (Subst.); 37,3₁ Tübingen: anfieng; 37,6₁ Newbrüchen: gewichen; 38,6₁ da ein solch Ehrlich Gricht ist: jeder Christ; 38,7₁ regiert: das Ampt führt; 39,3₁ Fürnembsten: bequembsten; 39,5₁ abladen: baden; 39,9₁ Doctor Harpprecht: Gerecht; 40,8₁ hochgeachtem Herrn: Heinrich Hillern; 48,1₁ in grosser anzahl: vberal; 50,2₁ Ackerleut: einträgt; 50,7₁ Nicklas von Züllharrd: verharrt; 51,1₁ eintraget: kagen; 51,3₁ Nachkömling: Jüngling; 51,9₁ verursacht: vermacht; 51,10₁ Amptleut: abzeit; 53,2₁ Engstingen: geringe; 53,9₁ Reutlingen: Klingen; 54,3₁ Nürtingen: gepränge; 54,4₁ dessen Nam besteht:

allweil sie allem vorgeht; 54,6₁ halten: Zwispalte; 55,9₁ Witzling: Nachkömling; 56,9₁ Freundschafft: Nachbarschafft.

b.

7,4₂ Der ein Grofshoffmeistern Namens Emricus bracht
Von Königlichem Stammen neben der grofs Kriegs Macht.
8,1₂ Die Stund kundten wissen / darvon die Statt Vrach
Nach dem sie erbawet*) den Namen kriegt / hab noch.
10,1₂ Der König zu Paris alles vbergeben
Die Gravschafft Vrach so dem Reich heimbgfiel zum Lebn.
14,8₂ Drauff kamen die Gferden / blafsten den Hunden ab /
Bsahen mit verwundern das Schwein / man jhm Preifs gab.
22,3₂ Da mufs Augspurg sehen gleichsam mit Schmertz allzeit /
Dafs die Türcken gniessen / sich der Weber Arbeit.
23,7₂ Eins Recht Teutschen Gemühts / mit Exempel der Statt.
Mit Lehr / mit dem Leben in Demut er vorgath.
26,7₂ Ja die Erstgeborne waren Herren jhrs Gschlecht /
Lehrer selbs der Frombkeit / selbst Priester nicht vnrecht.
28,7₂ Die Geistlichen gesampt. Aufs den ist der alt Herr
Zu Vrach jetzund lang / mit Rhum Conrad Müller.
30,6₂ Hoffrichter zTübingen mit Ehr / mit Ansehen
Sonderlicher Weifsheit in Demuth ohn bläben.
34,3₂ Darumb vnser Herr Vogt ist zurühmen billich
An Tugend / an der Kunst / an Weifsheit fehlts jhm nicht.
37,5₂ So sag ich das für gwifs ohn liebkosen auffrecht /
Sonst nicht nicht ein einiger ists in deim gantzen Gschlecht.
44,7₂ Waren viel Hütten gmacht / in denen man allein
Die Bücher schrib. Da must der Vncost wol grofs seyn.

Ausserdem 5,6₂ Freyheit: mit Layd; 5,7₂ betrüglich: bofshafftiglich; 6,1₂ Teutschland: ohn Schand; 8,4₂ Vrach: sich rach (=rächte); 8,9₂ Arbeit: ist Gscheidt; 9,3₂ Ebrhard: ein Münch druff ward; 9,7₂ versöhnet sich: gwifslich; 19,3₂ Teutschland: bekandt; 20,7₂ Berchtold: der Alchymiae hold; 23,10₂ seyn Gottes Haufsbälter: der Zuhörer Elter; 24,1₂ Erkäntnifs: Finsternifs; 26,6₂ gemacht: zubracht (=zugebracht); 27,1₂ Noth: Vorrath; 28,1₂ redlich: erzeigten sich; 28,3₂ Ordnung: Handraichung;

---
*) Im Texte ‚erbawt'.

28,10₂ Mifsbrauch: Bauch; 29,4₂ dafs er mit Lieb sein Lohn: den Amptmann; 30,1₂ abgewendt: Elend; 31,10₂ Hauptleut: Vor mancher Zeit 34,8₂ jhnen gwifs: noch vngwifs; 36,3₂ Glück: Anblick; 37,2₁ Hochzeit: mit Frewd; 39,3₂ Verstands: Einstands; 40,6₂ Kranckheit: ist mir laid; 40,1₂ zuführt: verwirt, 42,2₂ Vmbgelt: erhält; 42,8₂ vnruh: darzu; 44,2₂ Klugheit: guten Bschaid; 45,4₂ Teutschland: bekand; 46,4₂ vmbgahn: vnverhindert stahn; 46,8₂ Wolfahrt: widerpart; 47,10₂ aller mafs: Sanct Niclas; 48,1₂ Daſs jhrs Handwercks gneüſst man: dern manglen man nicht kan; 48,8₂ Trübsal: vberal; 51,8₂ hewrigs Jahr: Simplicius Volmar; 52,1₂ guten Bscheid: Klugheit; 52,2₂ Pfullingen: in all dingen; 52,6₂ Johann Conrad: getrewlieber Rhat; 52,7₂ eins Christlichen Lebens: in Reichthumb / Gut eben; 53,2₂ Klein Engstingen: wol gelingen; 53,3₂ Hoffgricht: werden nicht; 53,4₂ genug: Vnfüg; 53,6₂ mit Warheit: sein Ampt bhüt Gott allzeit; 53,10₂ Gebrauch: Mifsbrauch; 56,2₂ gelobt allzeit: Hertzlaid.

Diese überaus grosse Zahl von Fällen, in welchen zu gunsten des Reimes die gewöhnliche Betonung aufgegeben werden muss, beweist in Verbindung mit allem übrigen bereits Festgestellten, dass Wieland seine Verse nach dem Prinzip der Silbenzählung gebaut hat. Mithin sind theoretisch überhaupt alle Dreizehnsilbler als klingend, alle Zwölfsilbler als stumpf reimend anzusehen, auch diejenigen, wo dem Wort- bez. Satzaccente nach das umgekehrte Verhältnis stattzufinden scheint. Zum Schlusse spricht für diese Auffassung noch das thatsächliche starke Ueberwiegen der klingenden Reime in den ersten, der stumpfen in den zweiten Alexandrinern, wie folgende Uebersicht zeigt:

a. erste Alexandriner.

1 α. Bei gewöhnl. Betonung
in beiden Reimgliedern: 177 weibliche Reime*); ⎫
                    25 assonierende Reime; ⎬ = 241
                    39 Senkungsreime; ⎭

---

*) Unter die weiblichen Reime, nicht unter die assonierenden, sind auch die gerechnet, bei denen nur die Endkonsonanten nicht übereinstimmen, z. B. finden: Kinder, bewohnet; belohnen.

1β. Bei falscher Betonung
  in einem Reimgliede: 16 weibliche Reime; ⎫
                         8 assonierende Reime; ⎬ = 74
                        50 Senkungsreime;   ⎭
2. Bei falscher Betonung
  in beiden Reimgliedern: 7 weibliche Reime; ⎫
                          83 assonierende Reime; ⎬ = 170
                          80 Senkungsreime;   ⎭

Also stehen 315 (241 + 74) auf jeden Fall klingende Reime 170 bei normaler Betonung stumpfen Reimen gegenüber.

b. zweite Alexandriner.

1α. Bei gewöhnl. Betonung
  in beiden Reimgliedern: 247 männliche Reime;
1β. Bei falscher Betonung
  in einem Reimgliede: 57 männliche Reime;
2. Bei falscher Betonung
  in beiden Reimgliedern: 180 männliche Reime.*)

Also stehen 304 (247 + 57) auf jeden Fall stumpfe Reime 180 bei normaler Betonung klingenden Reimen gegenüber.

Ich stelle nun noch einmal die Hauptmomente des Wielandischen Versbaues zusammen:

1. **Johann Sebastian Wieland wendet das Prinzip der Silbenzählung in rücksichtslosester, rohester Weise an**, d. h. er gestattet sich alle ihm durch dasselbe gewährten Freiheiten sowohl für die Caesur wie für den Reim in einer solchen Ausdehnung, wie keiner bis dahin.

2. **Er baut nicht vulgäre Acht-, bez. Neunsilbler nach diesem Prinzip, sondern den das Jahrhundert beherrschenden Kunstvers, den Alexandriner.**

3. **Er verbindet mit dem Prinzip der Silbenzählung die dem Volks- und Kirchenliede angehörige und eben auch nur durch den Gesang zu erklärende und zu rechtfertigende Eigentümlichkeit, Assonanzen und Senkungsreime für den weiblichen Reim zu verwenden.**

Diesen Eigenheiten des Versbaues gegenüber erscheint

---

*) Sie teilen sich bei gewöhnlicher Betonung in 148 weibliche, 12 assonierende und 20 Senkungsreime.

andres, wie Reinheit des Reims, Elision, Synkope, Anfügung eines unorganischen ‚e' weniger bedeutend; doch ist es nötig, wenn auch nur kurz, darauf einzugehen, weil es einmal dazu gehört, das Bild vollständig zu machen, dann aber weil es hilft, die im Anfang aufgeworfene Frage nach Wielands Abhängigkeit von Opitz um so sichrer zu beantworten.

Was zunächst die Reinheit des Reimes betrifft (wofür hier natürlich nur die Endsilben in Betracht kommen), so scheint dieser Begriff für Wieland überhaupt nicht vorhanden zu sein. Es reimen nicht nur kurze auf die entsprechenden langen Vokale, sondern auch grob dialektisch a: o (Todt: hat; Thon: Mann; Vrach: noch); a: au (Nam: Raum; gab: Raub); e: ey oder ei (Zäringen: seyn); e: ü (zugehert: führt); i: ä (Gewild: behält); i: ü (ist: wolgrüst); i: ö oder e (geschröckt: angeblickt); o: ö (Trost: gröst); o: u (Mifsgeburt: Hort); üe: ō (grüen: schön); ai und ei: eu (Haid: erfrewt; Kleid: Frewd); ei: ō (hinein: schön). Häufig tritt auch für den männlichen Reim Assonanz ein, z. B. sprach: befalh; Schlofs: stofst; machst: hast; Vatterland: gsampt; gibt: erquickt. Bisweilen scheint überhaupt kein Reim da zu sein, so hochgelehrt: Obrigkeit; Statt: hört; gnennt: nimpt.

Um ferner die gewünschte Silbenzahl nicht zu überschreiten, gestattet sich Wieland nicht nur ausserordentlich oft die von Opitz verpönte Ausstossung eines ‚e' im Innern eines Wortes, wie Grechtigkeit, Gmüeth, gschrieben, gnennt, bwohnen, Bschirmer, bhelt, Brudr, Baurn, sondern auch andrer Vokale, so Köng und Könglich für König und Königlich sehr oft, zgeben für zugeben, zsamen für zusamen, zVrach und auch zTübingen für zu Vrach und zu Tübingen, d'Ratzen*) für die Ratzen mehrere mal. Sonst kommt von Zusammenziehung von Silben vereinzelt vor meim für meinem, eim für einem, auffm für auff dem, vorm für vor dem, jhn für jhnen, samlet' am für samleten am, zsam für zusammen u. s. w. Die Abwerfung eines ‚e' am Wortende, ohne dass Vokal oder h folgt, ist ebenfalls ganz gewöhnlich, der Apostroph wird dabei nicht verwendet. Mehrere mal kommen Formen wie ‚sie han', ‚es ge-

---

*) Hier einige Anwendung des Apostrophs vor Consonanten.

schach' vor, welche Opitz ausdrücklich verbietet. Ebenso gegen Opitzens Verbot gestattet Wieland sich die Anhängung eines ungehörigen ‚e' in Grave und Graveschafft, viere, neune, zehne, Manne, jhne und jhme, das Grabe, allzeite, in Zwiespalte, ohn laide, mit Vernunffte.

Aus dem allen geht also hervor, dass Wieland in ‚Urach' Opitzens Regeln nicht im mindesten befolgt hat, aber auch dass er dies überhaupt nicht beabsichtigt haben kann. Die Erklärung, die er später im Helden von Mitternacht dafür gab (vrgl. die angeführte Stelle S. 42), kann uns in dieser Ansicht nicht irre machen: das Büchlein des Martin Opitz kam ihm durch irgend einen Bekannten, vielleicht erst während der Abfassung, zur Hand; aber, da ihm ein Manuductor oder mündlicher Unterweiser fehlte, der ihn auf seine Bedeutung aufmerksam gemacht hätte, so ersah er den Handgriff nicht, er fand nicht den Punkt, worauf es ankam und der allerdings auch leicht zu übersehen war für einen, der über jene Sache überhaupt noch nicht nachgedacht hatte und nicht mit der Absicht, sich belehren zu lassen, an das Buch herantrat. — So rechtfertigt sich Wieland, und seine Zeitgenossen wussten, dass mit dem Handgriffe, den er nicht wegbekommen hatte, das Opitzische Betonungsgesetz gemeint war und liessen die Rechtfertigung vielleicht um so eher gelten, je mehr sie sich ihrer eignen Schwäche in diesem Stücke erinnerten. Doch wir müssen noch einen Schritt weitergehen. Dass Wieland bei oberflächlichem Lesen über jenes punctum saliens hinwegglitt, ohne zu seinem Verständnis zu gelangen, ist allenfalls erklärlich, nicht aber, dass er auch alle übrigen Vorschriften Opitzens über Reinheit des Reimes, Elision u. s. w. einfach übersehen oder nicht begriffen haben sollte. Man müsste denn etwa annehmen, dass er hierin absichtlich seine eignen Wege gegangen sei, dass er in bewusstem Gegensatze zu Opitz so unreim wie nur möglich gereimt, so willkürlich als nur denkbar Silben zusammengezwängt, ‚e' s elidiert und zugesetzt habe. Es muss deshalb meines Erachtens mit Bestimmtheit behauptet werden, dass Wieland die deutsche Poeterei überhaupt nicht gelesen hat. Dass er sie in den Händen gehabt hat, kann er nicht leugnen;

die, für den Freund, der sie ihm geschickt hatte, wenig schmeichelhafte Thatsache einer völligen Nichtbeachtung verschleiert er durch den etwas unbestimmt gehaltnen Ausdruck „hab ich den Handgriff nicht gleich ersehen". Für diese ganze Auffassung spricht noch ein weiterer Grund: Opitz erscheint in Urach nicht als Begründer einer neuen deutschen Verskunst, sondern nur als Hauptvertreter einer erwachenden patriotischen Dichtung, die sich die Pflege der Muttersprache gegenüber der lateinischen zur Aufgabe machte (vrgl. die angeführten Strophen S. 42).

Es drängt sich nun die Frage auf: Woher hat Wieland seinen Alexandriner gelernt? Zunächt ist man versucht, an die Zinkgrefsche Opitzausgabe zu denken, welche er ja (vrgl. S. 42) gekannt zu haben scheint. Die in dem hier wiederabgedruckten Aristarchus gegebene Regel über den Bau des Alexandriners könnte ihm in der That als Richtschnur gedient haben (S. 114): „Observandus saltem accuratè syllabarum numerus, ne longiores duo versus tredecim, breviores duodecim syllabas excedant: quarum in his ultima longo semper tono; in illis molli et fugiente quasi producenda est. Et $\alpha\varkappa\varrho\iota\beta\tilde{\omega}\varsigma$ attendendum, ut ubique sexta ab initio syllaba dictione integrâ claudatur et versus ibi veluti intersecetur." Auch sind die hier als Beispiele beigegebenen Verse einfach nach dem Prinzip der Silbenzählung gebaut, so von Opitz selbst

S. 112 O Fortun O Fortun / Stieffmutter aller frewden.
S. 113 Ist er gar wohl zufried': er halt es für rümlich
Dafs / ob ers könnte thun / er doch nu reche sich.
S. 113 Dafs er alles vnglück so vns offtmahls zusteht /
Ob es gleich in der erst schwer und geträng hergeht.
S. 113 Was in der Welt die Sonn' / in der Sonn' ist das Liecht /
In dem Liecht' ist der glantz / in dem glantz' ist die hitze.

Und auch sonst kommen ja, wie bekannt, in diesem Buche mancherlei Verstösse gegen das Opitzsche Betonungsgesetz vor, sowohl in seinen eignen Gedichten wie in dem Anhang. Allein diese Verstösse bilden doch immerhin nur Ausnahmen, in der Hauptsache herrscht ein regelrechter jambischer Rhythmus, so dass es wunderbar wäre, wenn Wieland, hätte er wirklich seinen Alexandriner hier gelernt, gar nichts davon profitiert hätte;

ausserdem findet sich hier kein Analogon zu den Senkungsreimen und Assonanzen, welche Wielands Versbau besonders charakterisieren. Ich glaube deshalb, dass die Zinkgrefsche Ausgabe Wieland erst gegen das Ende der Abfassung seines Gedichtes bekannt geworden ist, jedenfalls dass er sich den Opitzischen Alexandriner nicht zum Vorbild genommen haben kann.

Man könnte ferner an eine Beeinflussung Wielands durch seinen Landsmann G. Rudolf Weckherlin denken. Weckherlins Prinzip des Versbaues ist in der That derart, dass es zu einer Missdeutung in Wielandischem Sinne Anlass geben konnte. Allein abgesehen davon, dass Weckherlin mit richtigem Taktgefühl die schroffe Anwendung seiner Theorie in der Praxis meist vermieden hat, spricht eine Reihe von Gründen auf das bestimmteste gegen ein Zusammenbringen von ihm und Wieland. Zunächst behauptet ja Wieland in der angeführten Stelle, dass er am ersten im Lande sich in der neuen Versart versucht habe, und es ist nicht glaublich, dass er bewusst eine Unwahrheit gesagt habe, die ihm so leicht nachzuweisen war; höchstens könnte man denken, dass er Weckherlin nicht als Württemberger betrachtet habe, weil er meist in England lebte. Ferner ist Weckherlin sehr peinlich in bezug auf die ‚Zusammenzwingung' der Silben, so dass er sogar Formen wie ‚gesagt' (für gesaget) verbietet, während Wieland, wie wir gesehen haben, hierin ganz roh und willkürlich verfährt. Dann zeigt Wielands Stil nichts von den sogenannten dichterischen Feinheiten, worauf Weckherlin so viel Gewicht legt. Zuletzt aber bestehen doch zwischen Weckherlins Versbau und dem Wielands ganz hervorragende Unterschiede. Denn jener hat für die Mitte und das Ende des Verses den Konflikt zwischen Vers- und Wortaccent ausgeglichen, während dieser nicht einmal den Versuch dazu gemacht hat; ausserdem ist von einem Senkungsreime auch bei Weckherlin keine Spur.

Und nicht nur von Opitz und Weckherlin, sondern von allen Dichtern in Alexandrinern, ja überhaupt von der das Jahrhundert beherrschenden und damals bereits über den Anfang hinaus entwickelten Kunstpoesie ist Wieland zu trennen. Sein Versbau, seine Reime, seine derbe, ungekünstelte Sprache heben ihn ganz und gar davon ab. Er war bis dahin ausschliesslich lateinischer Dichter gewesen. Wie weit seine Kenntnis der deutschen Poesie reichte, wissen wir nicht, nur auf Fischarts Glückhaftes Schiff spielt er einmal an.*) Jedenfalls hatte er keine Ahnung von den zwar bedeutenden, aber vereinzelt gebliebenen Reformversuchen, welche einsichtsvolle Männer zur Hebung der vaterländischen Dichtkunst gemacht hatten. Sein Ohr war an Vernachlässigung des Reimes gewöhnt; das Prinzip der Silbenzählung, über das auch Opitz erst nach langem Tasten und nicht von allein hinwegkam, war ihm noch unbestrittenes Gesetz. Und nicht nur er, sondern auch eine grosse Zahl seiner Bekannten befand sich, wie man annehmen muss, in dieser Lage; keiner war imstande, den dichtenden Freund aufzuklären, und Harpprecht, der wahrscheinlich die Herausgabe besorgte, wusste nichts zu thun, als ein Epigramm über die ‚rythmi elegantissimi‘ vorauszuschicken. Ja selbst dem Christophorus Besold, der vielleicht schon durch den Besuch Opitzens im Jahre 1619 für die deutsche Poesie interessiert war, kam es bei seinem Wunsche, auch Württemberg bei ihrem neuen Aufschwunge vertreten zu sehen, offenbar hauptsächlich oder allein auf den imponierenden Alexandriner an. Es wäre sonst wenigstens unerklärlich, wenn er Wieland mit der Aufforderung, ein grösseres Gedicht in Alexandrinern zu dichten, nicht zugleich ausdrücklich darauf hingewiesen hätte, das Opitzische Gesetz strenger Uebereinstimmung des Wort- und Versaccentes zu befolgen.

So scheint mir folgendes Ergebnis festzustehen: **Wieland dichtete sein Urach, ohne ein andres Gedicht in Alexandrinern zum Vorbild zu nehmen, ja wahrscheinlich ohne von vornherein ein solches zu kennen, indem er einfach seine Kenntnisse vom Bau des Acht- und Neunsilblers auch auf den des Alexandriners anwandte,** dessen allge-

---

*) Ur. 55, 3: Das ist ein Nachbarschafft / dern soll man nicht vergessen /
  Da man mit einander ein warmen Brey kan essen /
  Da man denselben kan / obwol weit entsessen /
  Auch auff einem Schiff bald herbey bringen zessen.

meinste Gesetze ihm wohl Besold zugleich mit der Aufforderung, sich darin zu versuchen, mitgeteilt hatte.

Selbstverständlich konnte ein solches Gedicht, wie uns Wieland selbst erzählt, nicht den ‚dieser Poesien verständigen' genügen; ja man erwartet, dass es nicht bloss Tadel, sondern Spott hervorrief. Dem gegenüber ist es wunderbar, dass Wieland im Apobaterion 1627 offenbar mit Stolz daran gedenkt:

Ap. 6, 15: Quà patet Vracum, quod quondam nobile scripsi
Omnijugis donis coelestibus, ipse novorum
Metrorum formâ, Patrioque idiomate vates.
Et merui nostri donaria Principis alma."

wunderbar auch, dass Bernegger in jenem Briefe an Koeler von 1630 (vrgl. S. 6) das Gedicht ohne jede tadelnde Bemerkung erwähnt, wunderbar endlich, dass Wieland, der doch auf seine dichterische Ehre stolz war, erst 1633 mit einem neuen Werke hervortrat, in dem er sein besseres Können zeigte. So dient auch dies alles zum Beweise, dass ein grosser Kreis noch lange Zeit nicht das geringe Kunstverständnis besass, welches hinreichend war, das Verfehlte eines Gedichtes, wie Urach, sofort klar zu erkennen und scharf zurückzuweisen.

Im Helden von Mitternacht sucht also Wieland sich völlig an Opitz anzuschliessen, und er hat im ganzen und grossen diesen Anschluss auch erreicht. Im einzelnen freilich kommen noch manche Fehler vor. So trennt die Caesur öfters sehr unglücklich notwendig zusammengehöriges; besonders bezeichnend sind folgende Verse:

$6,6_1$ Dann je mehr Bettens / je mehr Sieg thut Gott verleyhen.
$11,3_1$ Als die Crabaten er schlug / ward er wohl genesen.
$11,6_1$ Seind nicht zu zehlen / so wol hat es jhm gelungen.
$21,1_1$ . . . . Er solt in allen Stätten
 Ein Kirch erlauben. Als dann wolt' Er jhn erretten.
$54,4_2$ Hinfürter förchten? Vor dir lassen werden bang.
$57,4_2$ Es wer' ein nichtiges nichts / auff nichts wers gestelt.
Leichtere und zum Teil auch schwerere Verletzungen der

Wortbetonung sind nicht ganz selten, z. B.*) 6 ánfángen, 6 dreinséhen, 6 fürkómmen, 6 fortfáhren, 6 wehklágen; 1 hóchseelígste, 1 Glórwürdígste, 4 érbärmlíche, 2 lébendíg, 1 géschehéne, 4 géschehénder, 5 héraufs, 5 hínaufs, 6 Trübsál. Noch häufiger kommen Verstösse gegen die Satzbetonung vor. Die Reime sind im ganzen gut; Aus-nahmen machen 50,1_1 errettet: getödtet; 44,7_1 erfrewen: geschehen; 58,4_1 erfrewen: gesehen; 32,6_1 auffgemachet: geschlachtet; 40,7_1 jmmer: schimmern. Der Hiatus ist peinlich vermieden der Apostroph wird regelmässig vor Vokalen verwendet. Umgekehrt wird auch vor Consonanten das tonlose ‚e‘ gegen Opitzens Regel meist apokopiert. Synkope eines ‚e‘, welche in Urach so häufig war, findet sich nur einigemal beim Praefixe ‚ge‘ (dabei wird stets der Apostroph angewandt): G'fahr, G'walt, G'rechtigkeit, g'schwind, g'setzt; einmal ‚zu 'rhalten‘. Unorganisches ‚e‘ zeigen ‚der Feinde‘ und ‚der Freunde‘, ‚der Helde‘, ‚die Nahte‘, ‚mit Machte‘; nicht hierher zu rechnen sind ‚jhme‘, und ‚jhne‘, deren ‚e‘ dialektisch ist, so dass sie vor Vokal stets Apostroph haben.

Diese einzelnen Fehler (von denen übrigens auch Opitz zum Teil nicht ganz frei ist) können aber nicht den Gesamteindruck beeinträchtigen, dass wir es hier mit dem Werke eines Opitzianers zu thun haben, und so hat Wieland die doppelte Bedeutung: einmal zeigt er uns in seinem Urach die alte Kunst auf ihre höchste Spitze getrieben, zum andern erscheint er im Helden von Mitternacht als einer der ersten Vertreter der neuen Kunst; das Band zwischen beiden und zugleich eine Steigerung des ersten bildet die gemeinsame Anwendung des Alexandriners, des Hauptverses der Gelehrtenpoesie des 17. Jahrhunderts.

---

*) Die vorausgeschickten Zahlen geben an, in der wievielten Hebung das betreffende Wort vorkommt.

Vita.

Ich, Karl Martin Schiefer, wurde am 8. August 1870 zu Michelwitz i. S. als Sohn des dortigen Pfarrers Karl Louis Schiefer und seiner Ehefrau Auguste Marie geb. Eger geboren. Meine Mutter starb den 18. September 1891. Im Jahre 1874 wurde mein Vater nach Magdeborn bei Leipzig versetzt. Von ihm erhielt ich den ersten Unterricht. Ostern 1883 kam ich auf das Gymnasium nach Eisenberg i. A., das ich Ostern 1888 mit dem Zeugnis der Reife verliess. Hierauf bezog ich die Universität Leipzig, um hier Theologie und Philologie zu studieren, wandte mich jedoch nach einem Semester ganz der Philologie zu.

Vorlesungen hörte ich bei folgenden Herren Dozenten: v. Bahder, Biedermann, Brugmann, Elster, Hasse, Heinze, Hildebrand, Hofmann, Lipsius, Luthardt, Overbeck, Ribbeck Richter, Schreiber, Wachsmuth, Windisch, Wundt, Ed. Zarncke, Fr. Zarncke.

Dem kgl. deutschen Seminar gehöre ich seit Michaelis 1890 als ordentliches Mitglied an.

Verzeichnis der Abkürzungen.

A. M. = ‚Amor Mundi'.
Am. = ‚Amethystus'.
Ap. = ‚Apobaterion'.
Binder = Binder ‚Würtembergs Kirchen- und Lehrämter' Tub. 1799.
C. A. = ‚Cultus Amarus'.
El. = ‚Elegiarum Liber'.
Goedeke = Goedeke ‚Grundriss' 2. Aufl.
H. v. M. = ‚Der Held von Mitternacht'.
Mel. = ‚Melissa'.
Pat. = ‚De Patientia Liber'.
S. L. = ‚Sortilegia Lycophrontica'.
St. = ‚Sterbstündlein'.
T. I. = ‚Tibicines Irridentes'.
Ur. = ‚Urach'.